FUSION FANTASTIC STORY

A Bittersweet Life

미더라 장편 소설

즐거운 인생 1

미더라 장편 소설

초판 1쇄 찍은 날 § 2014년 9월 25일
초판 1쇄 펴낸 날 § 2014년 10월 2일

지은이 § 미더라
펴낸이 § 서경석

편집부장 § 권태완
편집책임 § 박용서
편집 § 정수경

펴낸곳 § 도서출판 청어람
등록번호 § 제387-1999-000006호
등록일자 § 1999. 5. 31
어람번호 § 제1-1949호

주소 § 경기도 부천시 원미구 부일로 483번길 40 서경B/D 3F (우) 420-822
전화 § 032-656-4452 팩스 § 032-656-4453
http://www.chungeoram.com
E-mail § chungeorambook@daum.net

ISBN 979-11-316-9221-9 04810
ISBN 979-11-316-9220-2 (세트)

1

즐거운 인생

FUSION FANTASTIC STORY

A Bittersweet Life

미더라 장편 소설

도서출판 청어람

CONTENTS

Prologue

1918년은 독립운동사에 있어서 커다란 변화를 맞이한 해였다. 11월 고종께서 중국으로의 망명에 성공하면서… 후일 공작위에 오르는 우당 이회영 등이 주도한 이 거사는… 행궁은 북경에 마련되었고…….

　하지만 그로 인해 국내의 많은 애국지사가 일제에게 참변을 당했다. 이후 영친왕 이은 등도 망명하여 황실은 독립운동의 구심점이…….

　고종의 황실 비밀 자금이 독립운동 자금의 큰 축을 담당했다. 하지만 국내외 수많은 애국지사가 보낸 자금이 아니었다면 독립운동은 요원했을 것이다.

　대표적인 인물로는 노비 출신으로 연해주에서 자수성가한 부호 최재형, 캘리포니아에서 쌀의 왕이라고 불리던 김종림 등이 해외에서, 국내에서는 노름판에서 돈을 날리는 것으로 사람들의 시선을 속여 독립자금을 마련해서 보낸 학봉 종가의 김용환 등이 있으며…….

　1940년대가 되자 독립군 공군이 창설… 1944년부터 독립군은 일제와 치열한 전투를 시작, 45년 봄에 드디어 압록강을… 만약 시간이 조금만 더 있었더라도 독립군이 일제를 몰아내고 완전한 독립을 이루었을 거라는 의견이…….

　1945년 8월 15일, 일본이 항복하고 곧바로 미군과 소련군이 진주하게 되었다. 황실은 격렬하게 반발했지만, 두 강국의…….

　1950년 6월 25일, 북한의 남침으로 한국 전쟁이 발발했다. 정부와 황실은 황급히 부산으로…….

　1953년, 전란이 끝나자마자 순종께서 승하하셨다. 보위는 영친왕 이은이…….

　1979년, 문조께서 승하하셨다. 보위는 황태자 이진이…….

　1988년, 서울 올림픽이…….

　1994년, 김일성이 사망…….

　1997년, IMF 경제 위기가 닥쳤다. 황실에서 솔선하여 패물을 내놓자 전국적으로 금 모으기 운동이⋯⋯.

2002년, 국가대표 축구팀이 월드컵 4강에 진출⋯ 3위의 성적을⋯⋯.

2003년, 카드 대란으로⋯⋯.

⋯⋯.

2005년 3월 5일, 아주 기묘한 일이 시작되었다.

CHAPTER **01**
기회는 우연히 찾아온다

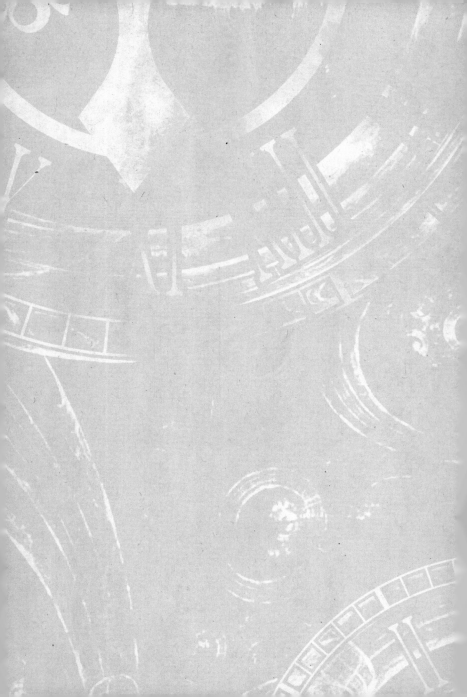

'야, 이 개새끼야!'

주혁은 있는 힘껏 소리를 지르려고 했지만, 어쩐 일인지 목소리가 입 밖으로 나오지 않았다.

도저히 용서할 수 없는 원수 지재우가 바로 앞에 있었다.

자신에게 사기를 치고 전 재산을 가지고 달아난 지재우.

그놈은 야비한 표정으로 자신을 향해 비웃음을 날리고 있었다.

주혁은 이를 갈면서 달리기 시작했다.

그는 불과 10여 미터 앞에 있었기 때문에 조금만 뛰어가면 손에 잡힐 것 같았다.

하지만 어찌 된 일인지 재우와의 거리는 전혀 좁혀지지 않았다.

자신의 전 재산을 들고 도망친 재우를 반드시 잡아야 했다. 그리고 그 돈을 돌려받아야 했다.

숨이 턱에 차오를 때까지 달렸지만, 그와의 거리는 점점 멀어져만 갔다.

'내 돈 내놔! 이 새끼야, 내 돈!'

역시나 소리를 질렀지만, 입 밖으로 나오지 않았다. 주혁은 지금 상황이 꿈이라는 것을 알 수 있었다. 그러자 주변 풍경이 변했다.

고개를 두리번거리는데, 3년 전에 죽은 부모님과 동생들이 저 멀리서 밝게 웃고 있었다.

항상 바라던 일이었지만, 현실에서는 있을 수 없는 일. 주혁은 무작정 앞으로 달려갔다.

허상이라는 것을 알고 있었지만, 너무나도 그리웠다.

조금만 달려가면 가족과 만날 수 있을 것 같았다.

하지만 그의 바람과는 달리, 가족들이 서 있는 곳과의 거리는 가까워지지 않았다.

아무리 달려도 절대 좁혀지지 않으리라.

주혁은 그 자리에 멈추어 서서 몸을 숙이고 숨을 헐떡였다.

그리고 일어났을 때, 가족의 모습은 보이지 않았다.

"허억."

잠에서 깨자마자 주혁이 가장 먼저 느낀 것은 목마름이었다.

어제 마신 술 때문에 속이 울렁거리고, 수분이 필요하다고 외치고 있었다.

하지만 그의 거대한 몸은 쉽사리 움직여지지 않았다. 마치 누군가가 위에서 누르고 있는 것처럼.

강주혁은 방바닥에 붙어서 꼼지락거리면서 크게 숨을 몰아쉬었다.

후욱 하고 내뿜은 숨결에서 알코올 냄새가 풀풀 풍겼다.

변변한 안주도 없이 술을 그리 퍼부었으니 어찌 보면 당연한 일일지도 몰랐다.

주혁은 입으로 공기를 한껏 빨아들였다가 내뱉었다. 그렇게 몇 차례 심호흡하자 정신이 좀 돌아오는 듯했다.

그러자 그의 귀에 작은 소리가 들렸다.

쏴아아.

주혁은 밖에 비가 오고 있다는 사실을 알 수 있었다.

열린 창문 너머로 빗방울이 떨어지는 소리가 들려왔다.

그리고 비가 아스팔트와 시멘트를 적시는 특유의 냄새도

났다.

"하여간 기상청 새끼들은……."

주혁은 피식 웃으면서 중얼거렸다.

어제 들은 일기 예보가 생각나서였다.

분명히 어제 오후까지만 비가 오고 한 주 내내 맑다고 했
다.

그런데 바로 그다음 날에 이렇게 비가 추적추적 내리고 있
으니 헛웃음이 나올밖에.

"이러니까 기상청 체육대회 날 비 왔다는 얘기가 있지. 아
구구구."

그는 괴상한 소리를 내면서 자리에서 일어났다.

간신히 일어섰지만, 중심을 잡지 못하고 비틀거렸다.

무언가 웅얼거리는 소리가 들려서 고개를 돌려보니 TV가
켜져 있었다.

술에 취해서 TV를 끄지도 않고 잠이 들었던 모양이다.

주혁은 비틀거리면서 힘겹게 냉장고를 향해 걸어갔다. 그
리고 생수병을 꺼내 입을 대고 벌컥벌컥 마셨다.

그가 물을 마시는 사이에도 TV에서는 계속해서 뉴스가 흘
러나오고 있었다.

김소민 선수가 4일 캐나다 온타리오 주 키치너에서 벌어진

국제빙상연맹(ISU) 세계주니어선수권대회에서 준우승을 하는 쾌거를 거두었습니다. 전날 쇼트 프로그램에서 48.67점으로 부진했던 김소민 선수는 이날 합계 158.93점으로 뛰어올라 라이벌 아사다 마오에 이어……

"연일 저 얘기구만. 하긴 대단하긴 하지. 중학생 애기가 세계 대회에서 준우승을 했으니."

주혁은 생수병을 내려놓으면서 중얼거렸다.

어제도 뉴스에서 똑같은 내용을 들은 기억이 났다.

그리고 어제와 똑같은 생각을 했다.

우리나라 같은 피겨 스케이팅 불모지에서 저런 성적을 낸 아이가 정말 대견하다는 생각을.

그런데 뉴스를 들을수록 이상하다는 느낌이 들었다. 다음에 나오는 내용도 그렇고, 뭔가 어제 뉴스와 똑같은 것 같았다.

주혁은 고개를 갸웃거렸다.

"뉴스도 재방송을 하나?"

스포츠 뉴스 같은 경우에는 똑같은 내용이 나오기도 하니 이내 그러려니 하며 킬킬거렸다.

뉴스 재방송이라니 얼마나 황당한 생각인가.

그러나 얼마 지나지 않아 강혁의 얼굴은 굳어질 수밖에 없었다.

2005년 3월 6일 일요일 아침 뉴스를 마치겠습니다. 편안한 휴일 되시기 바랍니다.

"이게 무슨 개소리야?"

주혁은 자신도 모르게 소리를 지르고는 한동안 멍하게 화면을 바라보았다.

분명히 들었다, 3월 6일 일요일이라고.

그러나 그 날짜는 분명히 어제였다. 그러니 오늘은 당연히 3월 7일 월요일이어야 했다.

별별 생각이 다 들었다.

'분명 어제는 3월 6일이었어. 오늘과 마찬가지로 술이 깨지 않은 상태로 일어났고.'

주혁은 어제 일을 곰곰이 떠올렸다. 흐릿하지만 조금씩 기억이 돌아왔다.

'그래. 어제도 일어났을 때 비가 오고 있었어. 그리고 TV가 켜져 있었고.'

생각할수록 오싹한 기분이 들었다.

분명히 오늘 일어나서 보고 들은 것들이 어제와 똑같았다.

주혁은 자신이 예지몽이라도 꾼 것이 아닌가 싶었다.

그것이 아니라면 지금 상황이 혹시 꿈속이 아닐까 생각도 해보았다.

하지만 이내 고개를 저었다.

요즘 매일 술에 절어서 살고 있지만, 꿈과 현실을 구분하지 못할 정도는 아니었다.

그는 자리에서 일어나서 주변을 둘러보았다.

술병과 먹다 남은 안주가 보였다.

어제 일어났을 때와 똑같았다.

빨래거리가 제멋대로 팽개쳐져 있는 것도, 지저분한 책상도 마찬가지였다.

"응?"

주혁은 주변을 살피다가 이전과는 다른 하나를 발견했다.

몇 달 전에 시골집에서 가져온 물건이 방구석에 놓여 있었다.

가져올 때는 잔뜩 녹이 슨, 용도를 알 수 없는 자그마한 금속 상자였다. 그것이 지금 녹이 하나도 없는 상태로 놓여 있었다.

주혁은 상자를 향해 다가갔다.

녹만 빼면 가져올 때와 다름없었다.

각 변의 길이가 20센티미터 정도 되는 정육면체에 가까운 박스였다.

위에는 네 자리의 숫자판과 버튼 한 개가, 오른쪽 옆에는 동전을 넣는 구멍과 당길 수 있는 레버가 달려 있었다.

주혁은 상자를 들고 이리저리 살폈다.

그러다 전과는 다른 점을 또 발견했다.

버튼에 불이 들어와 있다는 것과 숫자판의 수가 다르다는 점이었다. 가져올 때는 분명히 0000이었는데, 지금은 0028이었다.

"정말 내가 꿈을 꾼 건가?"

한참을 멍하게 있던 주혁은 고개를 흔들고 차분히 생각하기 시작했다.

하지만 속 시원하게 이 상황이 설명될 수는 없었다.

당연하지 않겠는가. 자고 일어났는데 어제로 돌아갔다는 사실을 누가 믿을 수 있겠는가.

주혁은 종일 고민을 했지만 아주 당연하게도 아무런 해답도 찾을 수 없었다.

그러나 그날 저녁 잠이 들고 다음 날 일어났을 때, 그는 확실히 알 수 있었다.

자신에게 일어난 일이 어떤 것인지를.

*　　　*　　　*

일어났을 때, TV에서는 어제와 같은 방송이 나오고 있었다.

김소민 선수가 4일 캐나다 온타리오 주 키치너에서 벌어진 국제빙상연맹(ISU) 세계주니어선수권대회에서 준우승을 하는 쾌거를 거두었습니다. 전날 쇼트 프로그램에서 48.67점으로 부진했던 김소민 선수는 이날 합계 158.93점으로 뛰어올라 라이벌 아사다 마오에 이어…….

마찬가지로 밖에는 비가 오고 있었고, 방 안에는 술병과 먹다 남은 안주가 보였다.

어제 분명히 치웠는데도 치우기 전과 마찬가지 상황이 되어 있었다.

제멋대로 팽개쳐져 있는 빨래, 지저분한 책상도 마찬가지였다.

2005년 3월 6일 일요일 아침 뉴스를 마치겠습니다. 편안한 휴일 되시기 바랍니다.

주혁은 가만히 앉아서 상자를 들여다보았다. 숫자판에는

0027이라는 수가 표시되어 있었다. 어제보다 수가 하나 줄었다.

주혁은 확실히 알 수 있었다. 정말로 이 기계가 하루를 반복시킨다는 사실을.

그는 시골에서 가져온 상자를 뒤져 증조할아버지의 일기와 나무 상자를 꺼냈다.

나무 상자를 여니 알 수 없는 문양이 새겨진 동전 일곱 개가 보였다.

가져올 때 여덟 개였으니 하나를 사용한 것이다.

이 물건들은 돈 될 거리가 없나 해서 시골집에 갔다가 다락의 부서진 틈 사이에서 발견한 것이었다.

거기에는 금속 상자와 증조할아버지의 일기, 동전이 든 나무 상자가 있었다. 그리고 일기에는 믿을 수 없는 이야기가 쓰여 있었다.

"그게 정말 사실이었어."

주혁은 믿을 수 없다는 표정으로 중얼거렸다.

그 당시에는 믿지 않았지만, 이 금속 상자는 하루를 반복시키는 신묘한 힘을 가지고 있다고 적혀 있었다.

주혁은 물건들을 발견했을 때가 떠올랐다.

처음에는 무슨 보물이라도 있는 것이 아닐까 잔뜩 기대했다가 별로 돈이 될 것 같지 않은 물건들이라 크게 실망을 했다.

별생각 없이 일기를 뒤적이다 금속 상자의 그림이 있는 것을 발견하고 그 부분을 읽었다.

상자와 같이 있는 것을 보니 관련된 이야기가 있을 것으로 생각해서였다.

한글이지만 군데군데 알아볼 수 없는 곳도 있는 데다 워낙 오래전이라 무슨 말인지 알아보기 어려웠다.

그래도 더듬더듬 해석을 해보았더니 아주 황당한 이야기가 적혀 있었다.

이 금속 상자에 동전을 넣고 레버를 당기면 하루가 반복된다는 말이었다.

구한말에 의원을 하셨던 고조할아버지께서 외국 사람의 목숨을 살려주고 받은 물건이며, 사용법을 알려주면서 함부로 사용하지 말라고 신신당부했다는 내용도 적혀 있었다.

하지만 주혁은 고개를 내저었다. 누가 그런 말을 믿겠는가.

주혁은 그 외국 사람이 속인 것으로 생각했다.

게다가 일기에는 몇 차례 해보았지만, 모두 실패했다는 말이 있었다.

그나마 몇 푼이라도 받을 수 있지 않을까 싶어서 가져오기는 했지만, 기대할 것도 없을 것 같아 방구석에 처박아놓고 있었다.

"하루가 반복된다는 말이지."

주혁은 동전을 하나 들고 이리저리 살피면서 중얼거렸다.

동전을 보니 기억이 새록새록 떠올랐다.

어제라고 해야 할지 그저께라고 해야 할지는 모르겠지만, 3월 5일 술을 마시다가 밤에 금속 상자를 보고는 욕을 했던 것이 생각났다.

몰래 숨겨놓을 정도면 금덩이라도 나올 것이지 이런 쓸데없는 게 나왔느냐면서 발로 툭툭 찼다. 그리고 술김에 동전을 하나 꺼내 끼우고는 레버를 당기려고 했다. 하지만 레버는 당겨지지 않았다.

"맞아. 그래서 집어 던지려고 했어."

열이 받아서 금속 상자를 들었다. 그런데 어딘가에 찔렸는지 손가락이 따끔했다. 그는 상자를 떨어뜨리고는 손가락을 빨았다. 상처가 제법 커서 새빨간 피가 뭉클뭉클 나오고 있었다.

잠시 손가락을 빨던 주혁은 짜증을 내면서 금속 상자를 마구 흔들었다.

취해 있었지만 때려봐야 손만 아플 거라는 생각을 했었나 보다.

그렇게 막 흔들다가 레버를 당기게 되었다. 그리고 버튼도

누른 것 같았다.

그렇게 한동안 난리를 부리다가 잠이 들었는데, 환한 빛을 본 것 같았다. 정신이 가물가물한 상태에서도 아주 따스하고 밝은 빛을 보았다.

잠시 회상에 잠겨 있던 주혁은 고개를 흔들어 정신을 차렸다. 그리고 상자를 바라보았다.

아직도 꿈을 꾸고 있는 듯한 기분이 들었다.

주혁이 심각하게 고민을 시작한 것은 숫자가 0023이 되었을 때였다.

그전까지는 그냥 멍했다. 도대체 무슨 일인가 싶기도 했고, 1년 넘게 술독에 빠져 있던 터라 머리가 제대로 돌아가지 않았었다.

며칠 지나서 술기운이 빠지니 그제야 정신을 차릴 수 있었다.

"이걸 어떻게 활용한다?"

주혁이 가장 먼저 떠올린 것은 로또였다. 로또 번호를 확인하고 되돌리면 되니까.

그런 생각을 하니 일요일에 동전을 사용한 것이 안타까웠다.

하루만 일찍 사용했더라면 로또에 당첨될 수 있다는 생각에서였다.

그는 재빨리 컴퓨터로 이번 로또 당첨자가 몇 명인지 찾아 보았다.

당첨자가 무려 열 명이나 되었다. 1인당 13억 원 정도의 당첨금을 받는다는 기사가 보였다.

"쩝. 나까지 당첨되었으면 열한 명인가? 그럼 정말 얼마 되지도 않겠네."

주혁은 일곱 개 남은 동전을 쳐다보았다. 그리고 로또 일곱 번에 당첨되면 얼마나 받을 수 있을까 생각해 보았다.

그런데 생각을 하면 할수록 이런저런 고민이 생겼다. 좀 더 효율적으로 사용할 방법이 없을까 하는 생각이 들었다.

"그래, 기왕 쓸 거면 제대로 사용해야지."

주혁은 일어나자마자 상자 앞에 앉았다. 상자는 여전히 새것처럼 은색으로 반짝이고 있었고, 버튼에 불이 들어와 있었다.

상자 위에는 자그마한 USB 메모리가 하나 놓여 있었고 숫자는 0012로 변해 있었다.

그는 지난 시간 동안 한 일을 떠올렸다. 그것을 지난 시간이라고 부르는 것이 적당한지는 의문이었지만.

주혁이 가장 먼저 한 것은 반복되는 하루에 대해 알아보는 것이었다.

하루가 반복된다는 건 의심할 여지가 없는 일이었지만, 그래도 확인을 할 필요가 있었다. 완전히 초기화가 되고 반복되는 것인지, 아니면 어떤 변화는 남아 있는지 반드시 확인해야 했다.

그래서 여러 가지 실험을 해보았다. 정말 며칠 동안 온갖 짓을 해보았다. 그리고 확신할 수 있었다.

"완벽하게 원상태로 돌아온다. 아니, 하나는 제외인가?"

유리를 깨고 땅을 파고 뭔 짓을 해도 원상태로 돌아왔다. 혹시나 거리에 제한이 있는 건 아닌가 해서 부산에 가서 시청 담벼락에 낙서하고 여관에서 잠을 잤다.

깨어보니 서울이었고, 부산에 가보니 시청 담벼락은 멀쩡했다. 반복되는 하루 동안에는 무슨 짓을 해도 없던 일이 된다는 거였다.

상자의 숫자는 하나씩 줄어들고 있었다. 아마도 숫자가 0000이 되면 다시 시간이 흐르는 것이 아닐까 생각했다.

주혁은 증조할아버지의 일기를 뒤적이다가 숫자가 0이 되거나, 그전이라도 불이 켜져 있는 버튼을 누르면 다시 시간이 정상적으로 흐른다고 적힌 부분을 발견했다.

전에는 일기가 아무짝에도 소용없는 것이라 여겼는데, 지금 찾아보니 상자와 관련된 내용이 두어 군데 있었다.

버튼 이야기도 그중 하나였고, 레버는 두 번 당길 수 있다는 말도 있었다.

그는 은은하게 빛을 내고 있는 상자의 버튼을 물끄러미 바라보았다. 그리고 그 근처를 만지작거렸다.

버튼이 정말 그런 용도인지는 조금 이따가 확인할 예정이다. 여러 테스트를 더 해보고 상자의 숫자가 2나 3 정도 남았을 때 확인할 생각이었다.

버튼의 용도를 확인하는 일이 급한 것은 아니었으니까.

"마지막 날에 일어난 일만 남아. 이걸 최대한 활용해야 되는데……."

상황만 놓고 보면 마지막 날이 가장 중요했다. 그전까지는 일종의 예행연습이라고 볼 수 있을 듯했다. 마지막 날을 위한 예행연습.

주혁은 이런저런 생각을 하면서 USB 메모리를 집어 들고 컴퓨터 앞으로 자리를 옮겼다.

증조할아버지의 일기에는 적혀 있지 않았지만, 유일하게 제자리로 돌아가지 않는 물건이 하나 있었다. 바로 자신의 손에 들린 USB 메모리였다.

물론 처음에는 알지 못했다. 정말 우연히 알게 된 사실이었다. 언제인가 컴퓨터를 하다가 USB 메모리가 필요해 찾으려고 보니 금속 상자 위에 있었다.

그 당시에는 '이걸 여기 놔두었었네' 하고 집어 들었는데, 잠시 후 깜짝 놀랐다. 모든 것이 원상태로 돌아가야 정상인데 그 USB만 제자리로 돌아가지 않고 금속 상자 위에 있었기 때문이다.

이유는 알아내지 못했다. 어떤 조건이 있는 것인지, 아니면 금속 상자가 활성화되고 나서 처음으로 올려놓은 물건이라 그런 것인지 확인할 수가 없었다.

다른 물건으로 테스트를 해보았지만, 모두 제자리로 돌아갔다.

주혁은 그 물건이 USB라는 점에 안도했다. 확인해 보니 USB 안에 기록한 내용은 없어지지 않았다.

전에는 언제 누구를 만나고 어디에서 무엇을 했는지 기억력에만 의존해야 했는데, 이제는 그럴 필요가 없어졌다.

주혁은 USB 안에 있는 내용을 확인했다. 거기에는 금속 상자에 대해서 자신이 확인한 내용이 적혀 있었다. 그리고 자신과 관련된 부분도 기록되어 있었다. 물론 여기에도 풀리지 않는 의문이 있었다.

"흐음. 그런데 기억이나 내 몸의 변화는 왜 유지가 되는 거지?"

주혁이 중점으로 체크한 것이 자신과 관련된 부분이었다. 이런 행운을 제대로 활용하려면 무엇보다도 자신에게 어떤 이점이 있는지 알아야 했으니까.

그는 두 가지를 집중적으로 확인했다. 바로 기억과 육체적인 변화였다.

먼저, 기억은 그대로 남아 있었다. 혹시나 싶어서 잠들기 전에 USB에 그날 일을 정리하고, 다음 날 확인해 보았다. 정확하게 일치했다.

주혁은 수능을 볼 때 이 물건이 있었다면 정말 좋았을 텐데 하고 생각을 했다. 오래전 일이지만, 긴장해서인지 수능을 망친 일이 늘 마음에 응어리져 있었기 때문이다.

"관두자. 수능은 무슨."

그는 고개를 흔들어 상념에서 벗어났다. 그리고 몸과 관련된 부분을 살폈다. 몸의 변화는 어떻게 되는지 여러 가지 테스트를 한 내용이 주르륵 나왔다.

—0015 체중은 변화한 그대로 유지가 되었음. 142kg → 140kg

—0015 상처는 없어졌음. 팔, 커터 칼, 10cm

숫자가 0015일 때 테스트한 내용만 봐도 알 수 있듯이 육체적인 부분은 일부는 남아 있고, 일부는 없어졌다.

먼저 쫄쫄 굶으면서 운동을 해 몸무게를 줄였다. 그리고 칼로 팔에 상처를 냈다.

다시 아침이 되자 몸무게는 줄어든 그대로였지만, 상처는 없어졌다.

확실치는 않았지만 몸의 내부적인 변화는 유지되고 외부적인 상처나 충격은 원래대로 돌아가는 게 아닐까 싶었다.

하지만 이 부분은 뭐라고 단정하기 어려웠다. 적어도 지금까지 확인한 바로는 상처나 고통은 모조리 사라졌다.

심지어는 심하게 운동을 하고 난 뒤라도 근육통이 전혀 없었다. 그러니 꼭 내부적인 변화가 유지된다고 보기 어려웠다.

주혁은 규칙을 찾기보다 그냥 케이스별로 받아들이기로 했다. 감량은 가능하고, 운동 후 근육통은 없으며, 상처나 멍은 사라진다는 것과 같이 있는 그대로.

"좋게 생각하자. 상처 정도는 신경 쓰지 않아도 되니까 좋지, 뭐."

그는 내용을 확인하고 컴퓨터를 종료했다. 그리고 운동복으로 갈아입었다. 주혁은 술에 절어서 집 안에만 처박혀 있던 전과는 완전히 다른 사람이 되기로 했다.

지난 3년은 그의 인생에서 가장 힘든 시간이었다.

가족의 죽음, 사랑했던 여자와 가장 친하게 생각했던 사람의 배신.

처음에는 화가 치밀어 가만히 있을 수 없었지만, 자신이 할 수 있는 일은 아무것도 없었다.

돈도 없고, 가진 것도 없는 그에게 돌아오는 것은 사람들의 차가운 시선과 냉정한 외면뿐이었다. 그렇게 자신의 처지를 알게 되자 매일 술에 빠져 살았다. 의욕이라고는 찾아볼 수 없는 폐인 생활이었다. 자신에게 미래는 없다고 생각했기 때문이다. 하지만 이제 자신에게도 기회가 생겼다.

어이없게 하나를 써버리기는 했지만, 아직 일곱 개의 동전이 남아 있다. 그것을 어떻게 사용하느냐에 따라 자신의 인생은 얼마든지 바뀔 수 있는 일이다. 주혁은 일단 몸부터 만들기로 했다. 예전과 같이 185cm에 80kg 정도의 다부진 체격을 만드는 것이 1차 목표였다.

몸이 망가지는 건 순식간이었다. 가족의 죽음 이후 110kg이 넘어가더니, 믿었던 두 사람의 배신을 겪은 지금은 140kg이 넘는 상태였다. 나중에 알았는데, 주변 사람들이 그를 굼바라고 불렀다.

굼바는 예전 '슈퍼마리오 브라더스' 라는 영화에 나오는 덩치는 크고 머리는 작은 공룡이었다. 자신의 외형이 굼바와 닮았고, 멍청하기도 해서 그렇게 불렀다는 것을 알고 충격에 빠졌었다.

앞에서는 그렇게 친한 척하고 잘해주더니, 사실은 전부 뜯어먹을 생각만 하고 있었다. 그때는 어려서인지 그런 사실을 알지 못했다. 여러 일을 겪고 나니 그제야 자신에게 잘해주려던 사람들이 보였다. 물론 그것을 깨달았을 때 자신에게 남아 있는 것은 아무것도 없었다.

하지만 이제는 다르다. 지금부터 새롭게 시작하고 보란 듯이 멋지게 살 생각을 했다. 그리고 자신에게 물 먹인 사람들에게는 복수를, 자신에게 잘해주려 한 사람들에게는 보답하리라 다짐했다.

"자, 나가자."

그는 살들이 출렁이는 몸을 힘겹게 일으켰다.

* * *

금속 상자의 숫자가 0002가 되었을 때, 주혁은 경마장으로 향했다. 그동안 나름대로 열심히 운동을 한다고 했는데, 생각보다 살이 잘 빠지지는 않았다. 생각으로는 하루에 1kg이라도 뺄 수 있을 것 같았는데, 현실은 그렇지 않았다.

그래도 2주가량 운동을 한 결과 7kg 정도가 줄었다. 빼는 건 어려웠지만, 참지 못하고 폭식을 하면 느는 건 순식간이었다.

현재 체중은 135kg. 아직도 굼바라고 불릴 만한 외형이었다. 머리가 작아서 더욱 괴상하게 보였다.

"일단 어느 정도 돈을 챙겨놓고 기회를 봐야겠지?"

택시를 타고 가면서 그는 조용히 중얼거렸다. 생각한 것은 로또 당첨자가 없는 회를 노리는 것이었다. 기왕 받을 거면 조금이라도 더 큰 금액을 받자는 생각에서였다. 그리고 기한은 올해까지로 결정했다. 수능을 봐서 명문대에 들어가기로 마음을 먹었기 때문이다.

한 번에 두 가지 일을 처리할 생각이었다. 로또가 이월되는 토요일에 하루를 반복시키고 그 시간을 활용하자는 작전.

아직 확인하지 못한 것이 있었지만, 생각대로라면 충분히 가능하다고 여겨졌다.

만약 9월까지 이월되는 회가 없으면, 한 명이나 두 명이 되는 회를 노려보기로 했다. 수능 준비를 해야 하니 더 늦어지면 곤란하기 때문이었다.

그리고 만약 예상대로라면, 다시 한 번 자신의 꿈을 향해서 나아갈 수 있을 것이다.

배우가 되고 싶다는 꿈.

주혁은 비록 무명 단역이었지만, 배우의 길을 걷고 있었다. 가족이 사고를 당한 날, 지방에서 촬영이 있어 가족들과는 떨어져 있었던 것이다.

정신적 충격 때문에 배우 일은 생각지도 못했고, 그 이후로는 너무 망가져서 포기했었다.

지금이야 더 말할 것도 없었다. 매일 술에 절어 사는 140kg이나 나가는 폐인이 무슨 배우를 한단 말인가.

"할 수 있어. 할 수 있다."

주혁은 택시에서 내려 경마장을 쳐다보았다. 많은 사람이 경마장 안으로 들어가고 있었다.

주변은 온갖 사람들이 내는 소리로 시끌벅적했다. 예상지를 사라는 사람들의 손짓이 있었지만, 그는 모두 무시하고 안으로 들어갔다.

이미 결과를 알고 있는데, 예상지 같은 걸 살 이유가 없지 않은가.

주혁은 많은 돈을 벌 생각은 없었다. 연속으로 돈을 따서 주목을 받는다거나 하는 짓을 하고 싶지 않았다. 가뜩이나 괴상한 외모 덕분에 한 번 보면 뇌리에 남으니 조심하는 편이 좋았다.

그는 가장 배당이 좋은 순서에 표를 미리미리 사두었다. 그날 배당이 가장 좋은 경기는 마지막 경주인 12경주였다.

복승식 배당률이 무려 370.9가 터진 경주였다. 마권을 10만 원치만 사도 3,709만 원을 받는 것이다.

"어디 보자."

1등, 2등마는 각각 2번 북천과 8번 스펙터클이었다. 막판에는 사람이 몰리니 틈틈이 마권을 사두었다. 몇만 원씩 시차를 두고 여러 창구를 돌면서 구매했다. 1인당 마권 구매 한도가 10만 원이었지만, 큰 금액을 배팅하는 사람들은 사람을 쓰거나 여러 창구를 돌면서 구매했다.

주혁이 배팅을 해서인지 조금 낮아졌지만 그래도 300배가 넘는 배당률이었다.

주혁이 복승식에 배팅하고 받은 돈은 세금을 제하고 2억 원이 조금 넘는 금액이었다.

12경주 복승식에 사람들이 배팅한 금액이 40억 원이 넘었으니 사실 얼마 되지 않는 금액일 수도 있다.

주혁은 조심스럽게 돈을 챙겨서 집으로 왔다. 사실 바로 은행에 들러 돈을 맡기고 싶었지만, 일요일이라 그럴 수가 없었다.

그는 계속 주변을 경계했지만, 워낙 몸집이 있어서 그런지 접근하거나 관심을 두는 사람은 없었다.

집에 도착한 주혁은 문을 잠그고 지금까지 있었던 일을 모두 정리했다. 그리고 이제 마지막 실험을 할 시간이 되었다.

바로 버튼을 누르는 일이었다.

이제 숫자가 0002였으니 버튼을 누르지 않더라도 이틀 후면 시간이 정상적으로 흐를 것이다.

상자의 기능을 확실하게 확인하는 데에 이틀 정도 시간은 아깝지 않다고 생각했다.

그는 은은하게 불이 들어와 있는 버튼에 조심스럽게 손가락을 얹었다. 버튼을 누르면 과연 어떻게 될지 계속 궁금했었다.

주혁은 침을 한 번 삼키고는 조심스럽게 버튼을 눌렀다.

삐리리리릭.

요란한 기계음이 나더니 숫자판이 마구 돌아가기 시작했다. 주혁은 깜짝 놀라 뒤로 살짝 물러섰다. 하지만 이내 별다른 일이 아니라는 것을 알고는 겸연쩍은 표정으로 자세를 바로 했다.

땡땡땡땡.

실로폰 소리 같은 맑은 소리가 울리더니 숫자판의 수가 0000이 되었다. 주혁은 고개를 두리번거렸지만, 특별하게 변한 점은 없었다.

"이게 끝인가?"

그는 고개를 갸웃거렸지만, 확인할 방법이라고는 시간을 보내는 것뿐이었다. 그래서 여느 때와 마찬가지로 10시 정도에 잠자리에 들었다.

쉽사리 잠이 오지 않아 조금 뒤척이기는 했지만, 어느샌가 잠에 빠져들었다.

그리고 일어났을 때, 알 수 있었다.

그렇게 기다리던 내일이 왔음을. TV에 분명히 3월 7일 월요일이라는 표시가 보였다.

*   *   *

"허억, 허억."

주혁은 가쁜 숨을 몰아쉬었다. 추리닝을 입은 그의 몸은 몰라볼 정도로 달라져 있었다. 3월만 해도 140kg이 넘는 비곗덩어리였는데, 7월에 접어든 지금은 약간 통통하다 싶은 몸이 되어 있었다. 얼마 전에 드디어 몸무게가 두 자릿수로 줄어들었다.

처음에는 사람들의 시선이 부담스러워서 새벽이나 늦은 밤에 운동했지만, 이제는 거리낌 없이 밖으로 나갔다.

시간에 구애받지 않고 운동을 하니 효과도 더 좋은 듯했다.

주혁은 저질 체력을 실감하면서 그동안 자신이 얼마나 엉망으로 살아왔는지 뼈저리게 느끼고 있었다.

"에휴, 도대체 그동안 난 뭘 하고 살아온 거냐."

주혁은 넉 달이나 운동을 했음에도 아직도 형편없는 몸뚱이를 바라보면서 중얼거렸다. 그래도 몸무게가 지속해서 줄어든 바람에 추리닝을 몇 차례나 바꾸었으니, 엄청난 발전을 했다고 보아도 좋을 터였다.

주혁이 가장 먼저 느낀 것은 몸이 가볍다는 점이었다.

전에는 조금만 움직여도 힘이 들고 숨이 차서 짜증이 났었는데, 이제 일상생활에는 무리가 없었다.

그래 봤자 다른 사람들이 보기에는 아직도 뚱뚱에 가까운 몸이었지만.

밖에서 잠시 숨을 고른 주혁은 자신의 반지하 방으로 내려갔다. 흠뻑 젖어 있는 옷을 벗어놓고, 컴퓨터를 켰다.

샤워를 하고 나오니 컴퓨터의 화면이 반기고 있었다. 그는 머리를 털면서 낡은 의자에 털썩 주저앉았다.

요즘 가장 신경을 쓰는 것은 수능이었다. 배우를 하면서도 고졸이라고 얼마나 무시를 당했던가. 그래서 기왕이면 명문대에 들어갈 작정이었다.

"아무래도 연희대나 보성대 정도는 들어가야 좋을 것 같은데……."

연극영화과가 있는 서울의 대학에 진학할까 하는 생각도 해보았지만, 그래도 최고의 사립 명문대라는 연희대학교나 보성대학교에 들어가고 싶은 것이 그의 심정이었다.

물론 대한민국 최고의 대학인 서울황립대학교에 들어간다면 더욱 좋겠지만, 그곳에는 왠지 낭만이 없을 것 같았다.

"실력도 안 되고 말이지."

주혁은 킥킥대며 웃었다. 마치 원하는 대학교를 골라서 갈 수 있다는 듯한 자신의 모습이 어쩐지 우스웠기 때문이다.

하지만 사실 가려고 마음먹으면 어느 대학이든 갈 수 있을 것이다. 수능 만점을 받을 수 있는 방법이 있으니까.

하지만 수능을 잘 봐서 들어가 봐야 수업을 따라가지 못하면 아무짝에도 소용없는 일이다.

그러니 자신에게 맞는 과를 선택해서 가는 것이 좋다고 생각했다. 그래서 생각하고 있는 것이 체육 관련 학과였다.

미대나 음대는 자신과 거리가 멀었고, 체대가 그나마 공부만 하는 학과보다는 맞을 것으로 생각되었다. 운동은 그래도 제법 하는 편이었으니까. 그래서 생각한 것이 연희대학교 스포츠레저학과였다.

주혁은 풋풋한 여대생들이 지나다니는 드넓은 캠퍼스를 활보하는 상상을 하며 헤실헤실 웃었다.

그러다 요란하게 울리는 알람 소리에 깜짝 놀라 제정신으로 돌아왔다.

"시간 참 빨리 가네."

헬스클럽에 갈 시간이 되었음을 알리는 소리였다. 그는 옷을 주섬주섬 입고는 밖으로 나섰다.

*   *   *

"인간들이 전부 로또만 사나. 이월되지가 않네."

주혁은 좀처럼 기회가 오지 않자 슬슬 걱정되기 시작했다.

가능하면 혼자서 독식을 하고 싶었는데, 지금 같은 상황이면 거의 불가능하지 싶었다.

3월에 두 명인가 당첨된 적이 한 번 있었고, 그 이후로는 가장 적어야 네 명이었다. 많게는 열한 명이 된 적도 있었다.

이제는 둘이나 세 명 정도 되는 주에 실행해야 하나 고민이 되었다. 오늘이 7월 16일이었으니 이 달이나 늦어도 다음 달 중에는 실행해야 했다. 그러니 앞으로 기회는 네 번이나 다섯 번 정도?

주혁은 투덜거리면서 로또 추첨 방송을 보았다. 당첨 번호는 7, 9, 20, 25, 36, 42. 보너스는 15였다. 그는 제발 당첨자가 없기를 간절히 바라면서 인터넷을 검색했다.

검색창에 로또라고 적어놓고는 계속해서 마우스를 딸깍거리면서 새 뉴스가 뜨는지 보고 있었다.

"어?"

순간적으로 이월이라는 글자가 보인 듯했다. 그의 고개가 저절로 모니터 앞으로 움직였다.

예전에도 비슷한 일이 있었는데, 자신이 잘못 본 거였다.

그러나 저절로 심장이 두근거리기 시작했다.

정말로 당첨자가 없다는 기사였다. 혹시나 싶어서 날짜와 회차를 확인했는데, 바로 오늘이었다.

그리고 조금 지나자 기사가 속속 올라오기 시작했다.

오랜만에 이월이 되는 거라서 그런지 기사가 제법 많이 올라왔다.

"오케이."

주혁인 주먹을 불끈 쥐고는 소리를 질렀다. 딱 좋은 시점이었다. 당첨금은 130억 원 정도 되었다. 세금을 제하면 확 줄겠지만, 그래도 혼자서 저 돈을 가져간다는 게 어디인가.

그는 재빨리 고이 모셔두었던 상자를 꺼내서 바닥에 앉았다.

이제 정말로 승부를 걸 타이밍이었다. 떨리는 손으로 동전을 꺼내 구멍에 끼웠다. 그리고 레버에 손을 얹었다.

"후우."

주혁은 레버를 당기지 못하고 손을 뗐다.

심장이 미친 듯이 방망이질 치고 있었다. 호흡이 가빠지고 몸이 저릿저릿했다.

그는 크게 심호흡을 여러 번 했다.

5분 정도 그러고 나니 조금 안정이 되는 듯했다.

크게 숨을 몰아쉬면서 레버에 손을 얹었다. 차가운 감촉이 손에 느껴졌다.

그는 머릿속으로 제발 큰 수가 나오기를 바랐다. 적어도 100단위 수는 나와야 도움이 될 터이니 그러기를 간절히 기원했다.

끼리리릭.

마음을 굳게 먹고 레버를 당기자 동전이 상자 안으로 쏙 들어갔다. 그러자 숫자판이 맹렬하게 돌아가기 시작했다.

좌르르르르륵.

그는 두 손을 맞잡고는 제발 높은 수가 나오기를 바랐다. 숫자판의 움직임이 서서히 느려지더니 이내 멈추었다.

"하아, 하필 이럴 수가……."

주혁은 한숨을 내쉬면서 실망을 금치 못했다. 숫자는 0016을 나타내고 있었다. 갑자기 머리가 어지러운 것이 느껴졌다.

그는 잠시 아무런 말도 하지 못하고 있다가 이내 손으로 얼굴을 탁탁 쳤다.

"그래. 한 번 더 기회가 있으니까……."

그는 혼잣말을 하면서 정신을 가다듬었다. 상자를 보니 0016이라는 수가 보였고, 버튼이 반짝거리고 있었다. 머릿속에 증조부의 일기가 떠올랐다.

거기에는 이 상태에서 버튼을 누르면 숫자판의 수가 확정되는 것이고, 레버를 한 번 더 당기면 그때 나온 수로 확정된다고 적혀 있었다. 두 번 이상 당길 수 없으니 신중하게 결정하라고 했다.

사실 자신도 믿을 수는 없지만 자신의 아버지, 즉 주혁의 고조할아버지가 신신당부해서 적어놓는 것이라고 했다.

주혁은 이런 내용을 적어놓은 증조할아버지에게 정말 감사하다는 말을 전하고 싶었다.

만약 이런 내용을 알지 못했더라면, 이 상자가 있었더라도 제대로 사용할 수 없었을 것이다. 아니, 이 상자 때문에 하루가 반복되는 일이 벌어졌다는 사실을 아예 모를 수도 있었다.

주혁은 정성껏 제사를 모시겠다는 생각을 하면서 다시 레버에 손을 얹었다. 손이 조금 떨렸다.

'설마 16보다 적은 수가 나오지는 않겠지?'

그는 쓸데없는 생각을 했다며 고개를 가로저었다. 그리고 신중하게 조금씩 당겼다. 세게 당기면 무슨 큰일이라도 나는 듯이.

끼리리릭.

레버를 당기자 숫자판이 맹렬하게 돌아가기 시작했다.

좌르르르르륵.

주혁은 숫자판을 뚫어져라 쳐다보았다. 눈이 아플 지경이었지만 감거나 돌릴 수 없었다. '제발 높은 수가 나와라. 제발 높은 수가 나와라' 라고 계속해서 주문처럼 생각했다.

첫 번째 숫자판은 늘 그랬듯이 0이 나타났다. 그런데 그의 간절한 기원이 영향을 미친 탓이었을까? 두 번째 숫자판이 0이 아닌 1이 나타났다.

"오케이."

주혁은 그 자리에서 벌떡 일어나 어퍼컷을 계속해서 날렸다. 자신도 모르게 천정을 보면서 소리를 질렀다.

잠시 호들갑을 떨던 그는 흥분을 가라앉히고 자리에 앉아 숫자를 확인했다. 수는 0137이었다.

*   *   *

주혁은 동전을 하나 꺼내 들었다. 그리고 상자에 동전을 끼웠다. 숫자판에는 0043이라는 숫자가 표시되어 있었다.

"슬슬 제대로 된 숫자가 나와야 하는데……."

숫자가 줄어들수록 애가 바짝바짝 탔다. 137이라는 수라면 충분하다는 생각이 들었지만, 막상 지내보니 그리 넉넉한 수가 아니었다.

주혁이 주목한 것은 레버를 두 번 당길 수 있다는 점이었다.

한 번 당기고 버튼을 누르기 전까지는 효과가 발동하지 않는다. 그렇다면 하루가 반복되는 와중에 또다시 동전을 넣고 레버를 당긴다면 어떻게 될까?

주혁은 실제로 테스트를 해보았다. 숫자가 135일 때 처음 테스트를 했었다.

혹시라도 동전만 날리고 잘못되면 어쩌나 고민을 하느라 날렸기 때문이다.

하지만 어차피 인생은 모험이라고 생각하고 실행에 옮겼다.

레버를 당기니 동전이 상자 안으로 들어갔고 숫자판이 돌아갔다. 그리고 버튼이 깜빡거렸다. 숫자는 0062였다. 그 상태에서 잠이 들었다.

이상하게 잠을 자지 않으려고 해도 열두 시가 되면 정신을 잃었다. 잠이 든 것인지 기절을 한 것인지는 모르겠지만, 어찌 되었든 간에 밤 열두 시가 되는 것을 한 번도 본 적이 없었다.

아무튼, 그렇게 숫자가 0062인 것을 확인하고 일어났는데, 숫자는 다시 0134가 되어 있었다. 역시나 버튼을 누르지 않으면 없었던 일이 되는 것이었다. 그렇다는 것은 130번 정도 레버를 당길 기회가 있다는 것이었다.

주혁은 꾸준히 운동하면서 매일 레버를 당겼다. 가장 높은 수가 나왔던 것이 619였다. 거의 2년에 가까운 시간이었으니 대단하다면 대단한 수였다. 하지만 주혁은 그냥 넘겼다. 그 이상을 노리겠다는 심산이었다.

몸도 만들고, 공부도 하고, 운동에 연기까지 준비하려면 2년 가지고는 시간이 모자랄 것 같았다.

기왕 좋은 기회를 얻었으니 정말 멋지게 살아보고 싶었다.

그래서 주혁은 오늘도 레버를 당겼다.

촤르르르르륵.

"에혀……."

여전히 숫자가 마음에 들지 않았다.

이제 한 달 반 정도 남았는데 큰일이라는 생각이 모락모락 피어올랐다.

주혁은 0092라는 숫자를 보면서 잠이 들었다.

일어나 보니 상자에는 0042라는 숫자가 표시되어 있었다.

주혁은 오늘은 아침에 한 번 레버를 당겨보기로 했다.

어차피 버튼만 누르지 않으면 상관없으니 아무 때나 당겨도 된다. 어쩐 일인지 지금껏 계속해서 저녁에만 레버를 당겼었다.

"그래. 오늘은 지금 한번 당겨보자."

그는 동전을 꺼내 상자의 구멍에 꽂았다. 그리고 레버를 힘차게 돌렸다.

떵떵떵떵, 촤르르르르륵.

"응?"

어쩐 일인지 평소와는 다른 소리가 들렸고 숫자판이 상당히 오래 회전했다. 그리고 다음 순간 주혁은 깜짝 놀랐다.

"4?"

첫 번째 자리의 숫자판이 멈추었는데 0이 아니라 4였다.

사실 천 자리가 나오기를 기대는 했다.

그런데 백 자리도 0 아니면 1이 나와서 천 자리도 당연히 그럴 것으로 생각했다. 그런데 느닷없이 4가 나왔다.

최소한 4,000일 이상의 날을 벌었다는 말이었다. 4,000일. 말이 4,000일이지 10년이 넘는 시간이다. 하지만 주혁은 전혀 감을 잡지 못했다. 그냥 생각지도 않은 수가 나와서 조금 어리둥절했다가 횡재했다는 생각이 들었을 뿐이었다.

4,962일. 어떻게 보면 무지막지한 숫자였다. 13년이 넘는 시간. 하지만 주혁은 그저 많은 수가 나온 것이 기뻤다.

그 시간 동안 자신이 준비하고 싶은 걸 모두 할 수 있다는 생각에서였다.

그는 만면에 환한 미소를 지으면서 버튼을 눌렀다.

이보다 더 큰 숫자가 나오리라고 기대하는 건 무리라 여겼다.

그리고 이 정도면 아주 넉넉한 시간이라고 생각했다.

버튼을 누르자 깜빡이던 것이 없어졌다. 그냥 버튼에 불이 들어온 채였다.

그리고 잠에서 깼을 때 동전은 다섯 개가 남아 있었고, 숫자는 4,961이라고 표시되어 있었다.

주혁은 미소를 지었지만, 그때는 정말 알지 못했다.

그 시간이 얼마나 긴 시간이라는 것을.

만약 그 사실을 알았다면 그렇게 마냥 기뻐하지만은 않았을 것이다.

CHAPTER **02**

준비를 하다

주혁은 일단 몸부터 만들기로 했다. 그는 1년 정도면 충분하다고 생각했다. 다섯 달 동안 40kg 넘게 감량했다. 그러니 20kg 정도 더 빼고 몸을 만드는 데 1년이면 넉넉하지 않겠느냐는 것이었다. 하지만 상황은 생각한 것처럼 흘러가지 않았다.

　짜증이 났다. 매일 식단을 조절하면서 운동을 하려니 힘들기도 하고 무엇보다 지겨워서 미칠 것 같았다. 몸이 조금씩 바뀌는 재미가 있기는 했지만, 그래도 너무 지겨웠다. 그래서 조금씩 흐트러지기 시작했다.

가끔 운동을 빼먹고 놀러 다니기도 했고, 그동안 고생했으니 상을 줘야 한다면서 고기에 술을 먹기도 했다. 그렇게 헛된 시간을 보내고 다음 날이면 꼭 후회했다. 하지만 정신 차리고 마음을 잡아보려고 해도 쉽지 않았다.

아마 그 일이 없었더라면, 아무리 시간이 많이 있었더라도 얻은 것 없이 허송세월을 보냈을 가능성이 컸다. 그런데 마음을 고쳐 잡게 된 일이 있었다.

어느 날 주혁은 여기저기 돌아다니다가 김소민 선수가 연습하는 것을 보러간 적이 있었다. 김소민 선수가 연습하는 곳에 왜 갈 생각이 들었는지는 확실하지 않다. 의미 없는 시간을 보내던 중에 갑작스레 머릿속에 떠올랐던 것 같았다. 어린 학생이 어떻게 연습했기에 그런 대견한 일을 했을까 하는 생각이 계속 머릿속에 남아 있었는지도 모르겠다.

"아야~"

주혁이 도착했을 때 본 것은 김소민 선수가 점프를 하다가 넘어지는 광경이었다. 털썩 주저앉은 그녀는 몹시 괴로운 듯 얼굴을 찡그렸다. 하지만 이내 일어나서 다시 얼음을 지치고 연습을 시작했다.

주혁은 조용히 앉아서 연습하는 사람들을 지켜보았다. 아이스링크에는 여러 사람이 있었지만, 그중에서 단연 눈에 띄는 것은 김소민 선수였다. 피겨 스케이팅에 대해서는 잘 모르는 그였지만, 그냥 보기에도 기량이 월등했다. 그리고 보면 볼수록 마음속 깊이 감탄하게 되었다.

"대단하네. 정말 대단해."

연습을 시작하면 쉬는 법이 없었다. 같은 동작을 끝없이 반복했다. 성공할 때까지가 아니라, 성공하든 실패를 하든 계속해서 반복했다. 넘어졌을 때는 고통에 얼굴이 일그러졌지만, 바로 일어나서 다시 같은 동작을 연습했다.

자신 같았으면 절대로 그렇게 하지 못했을 것이다. 주혁이 보기에 연습하는 시간도 시간이지만, 집중력도 굉장히 뛰어났다. 연습하는 내내 집중력이 흩어지지 않는 듯했다. 하긴 저렇게 오랜 시간을, 그것도 집중력을 유지하면서 연습했으니 세계적인 선수가 되었지 하는 생각이 들었다.

그렇게 한참 연습하고 김소민 선수가 밖으로 나왔다. 주혁은 스케이트를 벗고 있는 소민 근처로 슬슬 움직였다. 그리고 깜짝 놀랐다. 어린 학생의 다리에 온통 피멍이 들어 있었다. 갑자기 가슴에서 울컥하는 것이 있었다.

주혁은 조용히 고개를 숙이고 밖으로 나왔다. 다리가 저 지경이 되었으니 얼마나 고통스러웠을까 하는 생각이 들었다. 그리고 지금 자신을 되돌아보게 되었다.

'나는 저 어린 학생보다도 못한 인간이구나.'

생각하면 할수록 자신이 한심하게 생각되었다. 남들은 가지지 못한 기회를 얻고도 한심하게 시간을 낭비하고 있었다. 주혁은 바로 집으로 돌아갔다. 그리고 앞으로는 절대로 시간을 허비하지 않으리라 결심했다.

물론 그런 생각이 계속 유지되지는 않았다. 가끔 다른 생각이 떠오르기도 했고, 집중력이 흐트러지기도 했다. 주혁은 그럴 때마다 아이스링크를 찾았다. 그리고 항상 같은 자리에서 연습하고 있는 김소민 선수를 지켜보았다. 그녀의 다리에 있는 시뻘건 피멍도.

그렇게 하고 나면 마음을 다시 잡을 수 있었다. 주혁은 반드시 김소민 선수에게는 보답하리라 결심했다. 그녀가 없었더라면 자신은 아마 그 긴 시간을 제대로 활용할 수 없었을 것이다.

주혁은 어머니를 발견하고는 활짝 웃으면서 뛰어가는 김소민을 바라보았다. 깡총깡총 뛰어가는 모습을 보면 영락없는 아이였다. 그는 입가에 미소를 지으면서 조용히 중얼거렸다.

"앞으로는 가능하면 이곳에 오지 않을 거야. 나중에 신세진 건 꼭 갚을게."

김소민 선수가 들을 리는 없었지만, 주혁은 마치 옆에 있는 사람에게 이야기하듯 말했다. 그런데 그가 말을 하자 갑자기 김소민 선수가 뒤를 돌아보았다. 그녀의 눈은 정확하게 주혁에게로 향했고, 둘은 눈이 마주쳤다.

주혁은 살짝 당황했지만, 웃으면서 가볍게 손을 흔들어주었다. 김소민 선수는 고개를 갸웃거리면서도 꾸벅 인사를 했다. 그 모습을 보고 주혁은 웃음보가 터졌다. 김소민 선수의 어머니가 누구냐고 묻자 그녀는 어깨를 으쓱거렸다.

이 시간이 지나면 이 기억은 오로지 주혁만의 것이 될 것이다. 아무도 기억하지 못하는 일이 되어버릴 테니까. 그러나 주혁은 그런 기억까지도 모두 소중하게 여겼다.

*   *   *

통. 통. 통.

농구공을 바닥에 튀기던 20대 중반으로 보이는 남자가 짜증을 내면서 옆에 있는 또래의 남자에게 소리를 질렀다.

"야, 이 자식 도대체 언제 오는 거야?"

"내가 어떻게 알아? 전화기도 꺼져 있는데."

공원에서 운동하고 있던 주혁은 피식 웃었다. 그들이 기다리고 있는 동료는 오늘 오지 않는다. 무슨 사정이 있는지는 알 수 없지만, 기다리는 사람이 오지 않는다는 사실만큼은 알고 있었다. 이미 경험해 봤기 때문이다.

오늘 여기서는 내기 농구가 벌어질 예정이었다. 기다리고 있는 네 명이 한 팀인데, 상당히 신경질적인 반응을 보이고 있었다.

반면에 반대편에 있는 다섯 명의 남자는 만면에 미소를 띠고 희희낙락하고 있었다. 잘만 하면 공돈이 생길 판이니 그럴 법도 했다.

"어이, 어떻게 사람을 구해서 하든가, 아니면 그냥 넷이 뛰든가 하쇼."

얼굴이 까무잡잡하고 조금 얄밉게 생긴 남자가 싱글싱글 웃으면서 말을 했다. 비꼬는 듯한 말투였는데, 그 말을 들은 반대편 사람들의 얼굴이 동시에 일그러졌다. 그 사람은 주혁을 모르겠지만 주혁은 그놈을 잘 알고 있다. 똥개라고 불리는 놈이다. 이름은 이승효.

성질 더럽고 교묘한 반칙이 특기인 놈이다. 살살 성질을 긁어서 상대방의 멘탈을 무너뜨리는 일을 좋아한다. 그동안 몇 차례 당한 적이 있었다. 그래서 오늘은 완전히 박살을 내주기 위해 이를 갈고 온 상태이다.

난감한 표정으로 숙덕거리던 네 남자 중에서 가장 키가 큰 남자가 주변을 두리번거리더니 주혁을 발견하고는 다가왔다. 넷이서 경기를 뛸 수는 없는 일이고, 이 공원에서 그나마 농구를 잘할 것같이 보이는 사람은 주혁이 유일했다.

저기 정자에서 쉬고 있는 배 나온 아저씨나 운동 기구에서 몸을 움직이고 있는 아주머니에게 농구를 하자고 할 수는 없는 일이니까.

주혁도 키가 185cm로 작은 편이 아닌데 상대는 190이 훌쩍 넘어 고개를 쳐들고 보아야 했다. 대충 192cm나 193cm 정도? 이름은 강주원이고 별명은 닥터 K다. 의대에 다니고 있어서 그렇게 부르기도 했고, 닥터 J라고 불린 줄리어스 어빙을 좋아해서이기도 했다.

물론 주혁은 이런 사실을 알고 있지만, 상대는 오늘 주혁을 처음 본 상태. 강주원은 조심스럽게 말을 걸었다. 그러나 주혁은 이미 여러 번 겪어서 상대가 무슨 말을 할지도 이미 알고 있었다.

"저기 죄송한데, 저희가 팀원이 한 명 모자라서요. 혹시 같이 한 게임 하실 수 있으신가요?"

"그래요? 저도 농구 좋아하기는 한데 처음이라 손발이 잘 맞을까 모르겠네요."

강주원은 주혁이 농구를 좀 하는 듯하자 대번에 표정이 밝아졌다. 주원은 그를 데리고 농구장으로 가서는 양해를 구했다. 똥개를 비롯한 반대편 사람들도 이 광경을 유심히 바라보고 있었다.

"대타도 괜찮지?"

이런 경우가 전에도 있었기에 딱히 동의를 구할 필요는 없었지만, 주원은 상대에게 양해를 구했다. 똥개를 비롯한 상대 편은 떨떠름한 표정으로 고개를 끄덕였다. 그리고 주혁을 보면서 수군거렸다. 제 딴에는 조용히 말한다고 했지만, 주혁에게는 그들의 말소리가 정확하게 들렸다.

"야, 괜찮겠지?"

"전혀 모르는 사이 같은데 별일 있겠어? 실력도 실력이지만 농구는 손발이 맞아야 하는 건데."

"그래. 빅맨이라면 문제가 될 수도 있지만 뭐, 그렇게 위협적인 키도 아니니까……."

주혁은 그들의 대화를 들으면서 피식 웃었다. 그는 여기에 있는 사람들의 장기와 버릇까지 속속들이 알고 있었다. 게다가 농구 실력도 이곳에 있는 누구보다 뛰어났다. 그러니 오늘 경기에서 자신이 패배하는 일은 결코 있을 수 없는 일이다.

"저기 포지션은……."

"가드하고 포워드 전부 해봤어요. 센터야 이 키로는 무리겠지만요."

주혁의 대답에 주원 일행은 이야기를 나누더니 일단 슛을 한번 보자고 했다. 빠진 친구가 슈팅 가드였는데, 오늘 처음 보는 주혁에게 그 역할을 맡기기가 조금 미심쩍었기 때문이다. 주혁은 농구공을 받아 들고는 가볍게 드리블을 하다가 레이업 슛을 했다.

철썩!

주원 일행의 표정에 화색이 돌았다. 레이업 슛은 가장 기본
이 되는 슛이다. 레이업 슛을 보면 그 사람의 실력을 어느 정
도는 알 수 있다. 드리블 실력, 점프의 높이, 공을 놓는 위치
와 자세 등 많은 것을 볼 수 있기 때문이다.

주혁은 상당한 실력자임이 틀림없었다. 드리블도 아주 능
숙했고, 가볍게 뛰었음에도 손이 거의 림에 닿을 정도였다.
저 정도면 분명히 덩크도 가능할 것이다. 게다가 자세가 아주
깔끔했다.

이번에는 다시 공을 가지고 림에서 조금 떨어진 곳에서 미
들 슛을 던졌다. 좌측 45도, 가운데, 우측 45도 지점에서 던졌
는데 모두 클린 슛이었다. 주혁이 돌아오자 주원 일행이 가볍
게 박수를 치고는 손을 들었다.

"이 정도면 합격인가요?"

주혁은 하이파이브를 하면서 물었다. 일행은 엄지손가락
을 치켜세우며 한껏 들떠 있었다. 직접 경기를 해봐야 알겠지
만, 그냥 보기에는 못 온 친구보다 나은 것 같았다. 반대로 상
대편은 불안한 눈초리로 주혁을 응시했다.

"야, 저 사람 잘하는 것 같은데?"

"폼이 너무 깨끗하잖아. 씨발, 이러다가 돈 날리는 거 아
냐?"

똥개라고 불리는 이승효도 입술을 질경질경 깨물었다. 그냥 봐도 보통 놈은 아닌 듯했다. 슛 폼을 사진으로 찍어서 농구 교본에 올려도 될 것 같았다. 그리고 타점도 높아서 수비하기 꽤 까다로워 보였다.

"일단 작전대로 간다. 각자 맡은 사람 수비 잘해."

이승효의 말에 일행은 전의를 불태우며 코트에 나섰다. 심판의 호루라기 소리를 시작으로 경기가 시작되었다. 점프볼은 닥터 K 팀의 차지였다. 상대 센터도 키가 193cm로 똑같았지만, 운동 능력에서는 강주원이 월등했다.

"뛰어!"

강주원이 쳐낸 공을 동료가 잡아서 주혁에게 바로 패스했다. 주혁은 벌써 상대보다 한참 앞으로 달려가고 있어서 패스하는 데 걸리적거리는 것이 없었다. 패스를 받은 주혁은 성큼성큼 드리블해서 가볍게 레이업 슛으로 마무리했다.

"나이스."

동료들과 가볍게 하이파이브를 나누고, 주혁은 바로 수비에 집중했다. 두 팀 모두 맨투맨 수비. 체력에는 자신이 있는 모양이었다. 그렇게 10분씩 4쿼터로 진행되는 경기가 시작되었다.

*　　　　*　　　　*

'씨발, 저 새끼 뭐야?'

똥개는 화가 머리끝까지 치밀어 올랐다. 자기 팀 슈팅 가드
는 주혁에게 상대도 되지 않았다. 주혁은 자유자재로 슛을 던
졌고, 반대로 팀의 슈팅 가드는 주혁에게 꽁꽁 묶여서 1쿼터
에 2득점에 그쳤다.

15대 6. 절망적인 점수는 아니었지만 상황을 보아하니 앞
으로 더 차이가 벌어지면 벌어졌지, 줄어들지는 않을 듯했다.
주혁과 상대방의 손발이 시간이 지나면서 점점 맞아 들어간
다는 느낌이었다.

"2쿼터부터는 내가 저 새끼 맡는다."

똥개는 눈을 번득이며 말했다. 그가 이 세상에서 가장 싫어
하는 것이 지는 것이다. 지고는 절대로 살 수 없다. 그는 주혁
을 노려보면서 이를 갈았다.

"조심하는 게 좋을 것 같네요. 아무래도 저 녀석 눈초리가
심상치 않습니다."

닥터 K는 주혁에게 턱짓으로 똥개를 가리키며 조심하라고
속삭였다. 원래 그런 놈임을 잘 알고 있었기 때문이었다. 항
상 그랬다. 저 녀석은 경기에 지고 있으면, 핵심이 되는 선수
를 도발해서 망가뜨렸다. 교묘하고 치사한 반칙은 그의 전매
특허였다.

"걱정하지 않아도 됩니다."

주혁은 피식 웃으면서 대답했다. 스포츠레저학과에 입학하려면 실기를 보아야 한다. 입학해서도 여러 종목을 수강해야 함을 물론이다. 그래서 필요하다고 생각되는 몇 종목을 집중적으로 배웠다.

그렇게 배운 것이 태권도와 수영, 골프, 그리고 농구였다. 각 종목에서 프로라고는 할 수 없지만, 일반인보다는 월등한 기량을 갖게 되었다. 비록 똥개가 상당한 실력자라고는 하지만, 주혁을 곤란하게 할 정도는 아니었다.

게다가 똥개의 패턴도 이미 질리도록 겪었다. 그러니 오늘은 아주 제대로 밟아주고 농구를 마무리할 작정이었다.

'이제 2,800일 정도 남은 건가?'

주혁은 남은 시간을 떠올리다가 비장한 각오로 다가오는 똥개를 바라보았다. 그의 입가에는 가벼운 미소가 지어져 있었다.

'어서 와. 영원히 잊지 못할 추억을 남겨줄 테니까. 아니지. 기억하지는 못하는 기억이라고 해야 하는 건가?'

"쒸… 허억… 허억… 푸알… 허억… 허억……."

똥개의 배와 가슴이 쉬지 않고 부풀어 올랐다가 가라앉기를 반복했다. 호흡은 더 거칠어질 수 없을 정도로 망가져 있었다. 질 수 없다는 아집이 아니었다면 벌써 코트에 벌렁 누워도 이상하지 않을 상태였다.

주혁은 별다른 말을 하지 않았다. 똥개의 더러운 플레이를 생각하면 마냥 비웃어주고 싶었지만, 적어도 승리에 대한 열망만은 인정해 줄 만했다.

어쩌면 예전 자신보다 나은 인간일 수도 있겠다는 생각이 들었다. 적어도 쉽게 포기하고 도망치려 하지는 않는 인간이었으니까. 주혁은 끝까지 최선을 다해서 똥개를 눌러 버리리라 결심했다. 그것이 그에 대한 예의라고 생각했다.

4쿼터가 얼마 남지 않은 지금, 점수는 이미 20점 이상 차이 나고 있었다. 승부는 끝났다고 봐야 했다. 원래 닥터 K 팀은 센터가 강해서 골밑이 우세했고, 똥개 팀은 포인트 가드인 똥개와 수비가 탄탄한 팀이었다.

그런데 똥개가 주혁에게 발리고 있으니 팀 전체가 무너졌다. 아직 경기를 포기하지 않는 사람은 똥개가 유일했다. 그의 다리는 덜덜 떨리고 있었지만, 눈빛만은 살아 있었다.

퉁. 퉁. 퉁.

패스를 받은 주혁이 멈추어 서서 공을 튀기자 똥개가 비틀거리며 다가와 앞을 가로막았다. 다른 팀원은 자기 자리에 서 있을 뿐, 도움을 주러 오지도 않았다. 주혁은 그를 바라보다가 순간적으로 옆으로 치고 나갔다.

타다닥.

똥개는 손을 뻗어보았지만, 이미 주혁은 그의 옆을 빠져나 갔다. 그리고 한 손으로 농구공을 쥔 채 골밑에서 점프를 하 고는 멋진 원 핸드 덩크를 성공했다.

콰앙!

강렬한 소리가 코트에 울려 퍼졌다. 그 광경을 본 똥개는 피식 웃더니 그 자리에 철퍼덕 쓰러졌다. 인정하기는 싫지만, 자신이 어찌해 볼 사람이 아니었다. 그렇게 생각하자 오히려 마음이 편해졌다.

주혁은 쓰러진 똥개에게 다가가 손을 내밀었다. 똥개는 주 혁의 얼굴을 가만히 보더니 손을 탁 하고 쳐냈다. 그리고 끙 끙대면서 혼자 일어났다. 자존심 하나는 대단한 사람이었다. 주혁은 그런 똥개를 바라보다 피식 웃고는 사람들에게 이야 기했다.

"맥주나 한잔하러 갑시다. 내가 삽니다."

주혁의 제안에 환호성이 터졌다. 아무리 많은 돈을 낸다 하 더라도 주혁으로서는 상관없었다. 어차피 없던 일이 되어버 리니까. 하지만 오늘은 그런 것보다 같이 땀 흘리며 뛴 사람 들과 시원한 맥주를 마시고 싶다는 마음이 컸다. 특히 주혁이 마음에 든 것은 닥터 K 강주원과 똥개 이승효였다.

신사적이면서 지능적인 플레이를 하는 강주원과 상대의 기분을 박박 긁어놓지만 근성으로 똘똘 뭉친 독종 이승효. 둘다 아주 매력적인 캐릭터였다. 마치 드라마의 주인공과 악역을 보는 기분이랄까.

하지만 어쩐 일인지 주혁은 똥개가 더 인상적이었다. 배우를 하려는 자신에게 똥개는 정말 매력적인 캐릭터였다. 이야기를 할수록 더욱 그랬다.

두 팀 선수들은 꽤 친했지만, 라이벌 의식도 상당히 강했다. 하긴 그러니까 교체 선수도 없이 4쿼터를 풀로 뛰었겠지만.

똥개는 주혁 옆자리에 앉아서 맥주를 벌컥벌컥 마셨다.

"나이가 몇이우?"

"79년 양띠."

"그래도 형님이라 다행이네. 나이도 어린놈한테 깨졌으면 개망신인데. 82 개띠유."

똥개는 뭐가 그렇게 마음에 들지 않는지 오징어를 질겅질겅 씹으면서 계속 툴툴거렸다.

"혹시 현역? 아니면 선출이거나."

"내가 그럴 실력이나 되나."

주혁은 가볍게 손사래를 치고는 맥주잔을 들었다. 똥개는 건배하면서도 눈꼬리를 가늘게 한 채 그를 쳐다보았다. 강주원도 잔을 들고는 이야기에 동참했다. 이야기를 해보니 강주원도 이승효와 동갑이었다.

"길거리하고 아마 대회 많이 뛰어봤는데, 형님 같은 사람은 처음 봅니다."

강주원 역시 현역은 아니더라도 선수 출신일 것으로 짐작하고 있었다. 하기야 185cm에 덩크를 하는 사람이 그리 많은 건 아니었으니까. 게다가 움직임이나 체력이 일반인이라고 보기에는 무리가 있었다.

"수비가 굉장하던데?"

주혁은 자신에게 몰리는 관심을 돌려 똥개에게 질문했다. 지저분한 것도 사실이지만, 그의 수비는 강력했다. 겪은 사람은 진저리를 칠 정도로.

"그거라도 열심히 하지 않으면 이길 수가 없었으니까요."

아무렇지도 않다는 듯 이야기했지만, 주혁은 많은 것을 알 수 있었다. 애매한 키에 타고난 재능이 많지 않은 사람의 비애가 그의 음성에서 묻어나왔다.

많은 날을 지내다 보니 다른 사람의 기분이나 상태를 전보다 더 잘 파악하게 되었다. 똥개의 말속에는 씁쓸한 기분이 배어 있었다. 주혁은 가벼운 농담을 던져 분위기를 바꾸고는 그 후로도 많은 이야기를 나누었다.

사람들과 헤어지고 집으로 돌아온 주혁은 운동을 마치고 컴퓨터 앞에 앉았다. 그리고 오늘 있었던 일을 자세하게 정리했다. 지나온 일을 모두 기억하고 있기는 했지만, 언제까지 기억이 생생하리라 볼 수는 없는 일이다.

그래서 하루하루 일을 모두 USB 안에 정리해 놓는 것이 일과가 되었다. USB 안에는 숫자별로 정리된 텍스트 파일이 가득했다.

이제 운동은 어느 정도 마무리하고 수능 준비에 들어가기로 했다. 주혁은 전혀 걱정되지 않았다. 이제는 반복되는 하루에 익숙해졌기 때문이다.

"수능이라고 별거 있겠냐."

운동도 처음에는 막막한 기분이었다. 하지만 곧 요령을 찾았다. 바로 고액 과외였다. 주혁은 최고의 강사를 찾아가 제대로 배웠다.

처음에는 시큰둥하다가도 시간당 100만 원이라고 하면 대부분 오케이였다. 거기에다가 연기까지 더해지면 성공률은 더 높아졌다. 그럴듯한 사연이 추가되면 거절하는 사람은 많지 않았다. 오히려 사정이 딱하게 되었다며 공짜로 강습을 해 주는 사람도 있었다.

돈이 얼마가 들어도 주혁은 아까울 것이 없었다. 어차피 없었던 일이 되니까. 그리고 돈으로 움직이지 않는 사람은 자신의 연기로 움직였다.

주혁으로서는 일거양득이었다. 배우면서 연기도 할 수 있었으니까. 그렇게 여러 종목을 배웠는데, 자신도 깜짝 놀랄 정도로 실력이 쭉쭉 늘었다. 그리고 운동을 계속해서 그런지 육체적인 능력도 생각보다 훨씬 좋아졌다.

덩크를 할 수 있는 것만 해도 그렇다. 몸이 좋았던 예전에도 덩크는 불가능했다. 지금은 육체적인 능력이 비약적으로 좋아져 전에는 할 수 없었던 것들이 가능했다. 태권도나 골프, 수영을 배울 때에도 마찬가지였다.

주혁은 골프를 배울 때가 생각나 웃음이 났다. 주혁이 찾아간 사람은 우리나라에서 제법 유명한 티칭 프로였는데, 주혁의 실력을 보고는 강습을 할 수 없다고 했다. 그런 실력으로 자신에게 강습을 받으러 왔느냐면서.

하지만 석 달 정도가 지났을 때에는 혹시 프로를 준비하느냐면서 호감을 보였다. 그렇지 않다고 하자 진지한 표정으로 프로에 도전해 볼 생각 없느냐면서 주혁에게 달라붙었다.

"열심히 하면 되는 거야."

공부를 아주 잘한 건 아니었지만, 서울에 있는 대학에 가까스로 들어갈 정도의 성적은 되었다. 연기에 미치지만 않았더라면, 아마도 대학에 진학했을 것이다.

주혁은 흘깃 시계를 보았다. 시각은 어느새 12시에 가까워지고 있었다. 주혁은 얼른 USB를 뽑아서 상자 위에 올려놓았다. 그리고 시간이 조금 더 흐르자 시야가 흐려져 오는 것을 느꼈다.

갑자기 상자에서 밝은 빛이 나기 시작하더니 세상이 점점 느려지기 시작했다. 그러더니 어느 순간 딱 멈추었다. 시계가 정확하게 12시를 가리키고 있는 시점이었다.

그러다가 되감기를 한 것처럼 시계가 거꾸로 움직이기 시작했다. 처음에는 천천히 거꾸로 움직이더니 점점 속도가 빨라졌다. 나중에는 상자의 빛이 감싸고 있는 주혁을 제외한 다른 풍경이 미친 듯이 빠르게 움직였다.

그렇게 시간이 거꾸로 흐르다가 24시간 전이 되자 다시 속도가 느려졌다. 점점 느려진 속도는 24시간 전이 되자 딱 멈추었다. 그 순간 딸깍 하는 소리가 나더니 상자의 숫자가 하나 줄어들었다. 그리고 시간이 정상적으로 흐르기 시작했다.

상자에서 나온 빛은 다시 상자 안으로 들어갔는데, 빛 일부는 주혁의 몸속으로 들어갔다.

*   *   *

"몸이 좋아지면 머리도 좋아지는 건가?"

건강한 육체에 건강한 정신이 깃든다는 말이 있기는 했지만, 이렇게 효과가 좋을 줄을 몰랐다. 과목별로 준비하다가 적당히 공부되었다고 생각되면, 유명 강사를 찾아가 개인 과

외를 부탁했다.

그런데 준비를 하다 보니 공부가 심하게 잘되는 것이 아닌가. 머리에 쏙쏙 들어오고, 쉽게 잊지도 않았다. 가르치는 강사도 굉장히 좋아했다. 알려주는 걸 쏙쏙 알아듣는 것만큼 가르치는 입장에서 좋은 건 없을 테니까.

"역시 유명한 강사가 다르긴 다르네."

주혁이 수능 준비를 시작한 지 반년 정도가 되었다. 그래서 지금 실력이 어느 정도인지 모의고사 문제지를 한번 풀어보기로 했다. 처음에는 딱히 감이 오지 않았다. 그저 생각보다는 어렵지 않구나 하는 느낌이었다.

그런데 채점을 하다 보니 자신이 생각한 것보다 점수가 상당히 좋았다. 처음이니 그냥 실력이 어느 정도인지 확인만 해보자 하는 심정으로 한 것인데, 이 점수만 유지한다면 자신이 원하는 연희대학교 스포츠레저학과는 무난할 듯했다.

주혁은 조금 욕심이 생겼다. 공부를 더하면 체대가 아니라 다른 학과도 가능하지 않을까 싶었다. 그는 잠시 생각을 하다가 결심했다.

"그래, 뭐. 시간도 많은데 한번 해보자!"

주혁은 목표를 상향 조정했다. 그가 새로 잡은 목표는 연희대학교 경영학과였다. 물론 가능하다고 생각해서 잡은 건 아니었다. 목표는 높게 잡아놔야 거기에 미치지 못하더라도 높은 곳에 오늘 수 있다고 생각해서였다.

그런데 이게 공부를 하다 보니 가능할 것도 같았다. 모의고사 문제지를 풀어보면, 가능한 점수대가 나왔다. 한 번이면 우연이라고 할 수도 있겠지만, 계속해서 가능한 점수대가 나오니 자신감이 생겼다.

그리고 만약 전처럼 수능 날 컨디션이 좋지 않아 망치더라도 무슨 상관이란 말인가. 동전을 사용하면 되는 것을. 그렇게 생각하니 자신감이 넘치게 되었다.

"2,205일이라."

아직 시간이 많이 남았다. 주혁은 수능 준비를 멈추고 일단 자신이 하고 싶은 연기에 필요한 것을 준비하기로 했다. 경험도 많이 해고, 연기에 대해서도 깊이 있게 배워보고 싶었다. 수능 준비는 넉넉하게 2년 정도를 남기고 다시 시작해도 충분할 듯했다.

결심을 하자 주혁은 바로 움직였다. 그리고 온갖 경험을 해보았다. 노숙자와 같이 생활을 해보기도 했고, 조폭들과 어울리기도 했다. 막일과 아르바이트도 해보았고, 사기를 치기도 했다.

그런 과정에서 그가 과외를 부탁하면서 사람들에게 한 행동이 연기에 꽤 도움이 되었다는 것을 깨달았다. 주혁은 돈으로 움직이지 않는 강사가 있으면, 그가 무엇을 원하는지, 어떤 것에 약한지 잘 살펴서 파악해서 공략했다.

그런 일련의 과정이 연기 실습이나 마찬가지였다. 그렇게 온갖 인간 군상들을 만나고 어울리다 보니 사람에 대한 통찰력이 부쩍 좋아짐을 느꼈다. 그 사람의 표정이나 말투, 행동이 어떤 것을 의미하는지 전보다 잘 알 수 있었다.

물론 그렇다고 사람의 속을 꿰뚫어 볼 수 있는 정도는 아니었다. 그저 그 나이의 다른 사람보다는 훨씬 많은 것을 보고 들을 수 있는 정도였다.

그리고 계속 다른 사람으로 살아가다 보니 지겹지 않아서 좋았다. 이제는 인내력과 집중력이 많이 좋아져서 지겹더라도 꾹 참고 하긴 했겠지만, 기왕이면 즐겁게 하는 편이 더 좋지 않은가.

자신이 설정한 인물에 몰입해서 자연스럽게 생활하다 보면 어느새 그 인물이 되어 있는 듯한 느낌이었다. 어떨 때는 너무 몰입해서 그 인물에서 벗어나기가 어려운 적도 있었다. 하지만 그것도 계속되다 보니 점차 익숙해졌다.

그렇게 시간이 흘러 상자의 숫자가 900이 조금 더 남게 되었을 때, 슬슬 수능 준비를 다시 시작했다. 혹시라도 그동안 잊어버려서 준비하는 데 시간이 걸릴 수도 있다는 생각에서였다. 그런데 생각보다 시간이 걸리지 않았다.

잊은 것이 많지 않았다. 반년 정도를 공부하자 준비가 끝났다. 주혁은 고민하다가 아예 대학교에서 배우는 과목까지 공부하기로 했다.

원래는 입학만 하고 바로 연기로 전향할 생각이었다. 졸업이 가능하면 좋겠지만, 아니면 중도에 관둘 생각이었다. 하지만 이제는 졸업 욕심도 났다.

"그래. 대학교 수업이라고 별거냐?"

그는 연희대학교 경영학과에서 배우는 전 과정을 하나씩 클리어하기 시작했다. 그리고 외국어도 공부를 병행했다. 영어는 수능을 준비하면서 해두었고, 중국어와 일어를 집중적으로 공부했다. 그래서 일상적인 회화가 가능할 정도까지는 만들 수 있었다.

경영학과 과정도 큰 문제는 없었다. 이제는 강사를 찾아가서 부탁하는 정도는 너무나도 쉬운 일이었다. 그렇게 만반의 준비를 하고 다시 수능 준비에 들어간 것이 상자의 숫자가 0100이 되던 날이었다.

100일이 남자 살짝 떨리기도 했다. 갑자기 모든 것이 없어지지는 않을까 하는 생각도 들고 마음이 싱숭생숭했다. 하지만 이내 마음을 고쳐 잡고 집중하기 시작했다.

그리고 드디어 상자의 수가 0010이 되었다.

"아, 머리 아프다."

주혁은 머리를 쥐어뜯고 있었다. 생각은 하고 있었지만, 이

렇게 고민이 되리라고는 예상하지 못했다. 그가 고민하는 것
은 마지막 날 일정을 짜는 것이었다.

"이 사람을 넣으면, 여기를 포기해야 하고. 하아."

한숨이 절로 나왔다. 13년이 넘는 시간. 보통 사람이라면
10년이 넘는 시간이라도 한정적인 공간에서 한정적인 인간
관계를 갖는 사람도 많다. 하지만 주혁이 어디 그런 사람들과
비교할 수 있는 자던가.

워낙 다양한 경험을 해왔고, 수많은 사람과 부대끼며 지내
왔다. 그러면서 알게 된 사람의 수가 이루 셀 수 없을 정도로
어마어마했다. 그러다 보니 개중에는 개떡 같은 놈들이나 떨
거지 같은 인간도 많았지만, 정말 진국인 사람도 많았다.

주혁에게 그런 사람들과의 인연은 정말 소중한 경험이었
고, 즐거운 추억이었다. 하지만 그 모든 것을 가지고 갈 수는
없는 일이다. 단 하루. 그 하루 안에 자신이 앞으로 가지고 갈
인연을 선택해서 욱여넣어야 했다.

그는 24시간이 이렇게 짧은 시간이라는 걸 처음 알았다.
도무지 스케줄이 만들어지지를 않았다. 고민하다가 어쩔 수
없이 우선순위를 정해야 했다.

꼭 인연을 맺어놓아야 하는 사람들을 먼저 정해보았다. 그
런데 정하기 어려운 것도 문제였지만, 그 사람들도 모두 선택
할 수 없었다. 수가 너무 많다는 점이 문제였고, 사는 곳과 만

날 수 있는 시간이 모두 다르다는 점도 문제였다.

"하아, 이분은 꼭 넣고 싶었는데."

주혁은 사람들의 신상 명세가 적힌 명단을 쳐다보다가 깊은 한숨을 내쉬었다. 대구의 극단 대표와 배우와의 기억이 떠올라서였다. 자신에게 너무 큰 도움을 준 사람들이었다. 하지만 눈물을 머금고 명단에서 그들을 지워야 했다.

대구까지 다녀올 수가 없었다. 주혁은 일단 명단에서 지방에 있는 사람들은 모두 지웠다. 정말 지우기 싫은 사람도 있었지만, 나중에 기회가 있으리라 생각하면서 눈물을 머금고 포기했다. 지금은 24시간을 최대한 효율적으로 사용해야 했으니까.

그렇게 짜다 보니 하루 동안 관계를 만들 수 있는 사람이 생각보다 적었다. 좋은 관계를 만들려면 시간도 어느 정도 들여야 했다. 길 가다가 잠깐 이야기했는데, 친분이 쌓일 리 없지 않겠는가. 적어도 이야기를 해서 호감을 얻을 시간이 필요했다.

가능하면 강렬한 인상을 주는 편이 좋을 테니, 해당자가 좋아하는 것이나 그들에게 어필할 수 있는 방법 같은 것을 옆에다 꼼꼼히 적어놓았다.

명단을 적은 종이가 점점 지저분해져 갔다. 여기저기 줄이 그어지고 옆에 작은 글자가 빼곡하게 적혔다. 한참을 생각하고 적기를 반복하던 주혁은 어깨와 목을 몇 번 돌리고는 명단이 적힌 종이를 들었다.

"새벽에 만날 사람들은 정했고⋯⋯."

막일을 하면서 만난 사람을 포함해서 새벽에 볼 수 있는 사람은 겨우 정리되었다. 모두 서울이나 서울 인근에서 만날 수 있는 사람들이었는데, 장소가 하도 퍼져 있어 엄청나게 빨리 움직여야 가능했다.

"오토바이를 이용하는 편이 좋겠지?"

자동차는 길이 막히면 낭패일 수 있다는 생각에 오토바이로 움직이는 편이 좋다고 판단했다. 오토바이는 근처에 사는 오토바이 가게에서 빌리기로 했다. 물론 사람이 있다면 정상적으로 빌리겠지만, 조금 다른 방식으로 빌리는 것도 염두에 두고 있었다.

"가만, 그러고 보니 새벽에 모여서 포커를 치는구나. 잘됐네."

오토바이 가게 사장이 친구들과 새벽까지 포커를 치고 있으니 최악의 방법은 사용하지 않아도 될 듯했다. 교통편이 해결되자 다시 스케줄에 집중했다.

아침 일정에는 일단 중견 배우 안형진을 집어넣었다. 연기파이자 인맥이 넓었고, 연예계 전반에 영향력도 상당한 편이었다. 무엇보다도 주혁이 찾아갔을 때, 진심으로 대해준 사람이었다.

연기를 하고자 한다면서 무턱대고 찾아왔는데도 개의치 않고 이야기를 받아주었다. 자신이라면 절대로 그러지 못했을 듯했다. 그래서 진심으로 탄복한 몇 안 되는 인물 중 하나가 바로 그였다. 그리고 쉽게 접근할 방법도 있었다.

그는 지금 독립영화를 찍으려고 하는데 주연 배우를 구하지 못해서 난감한 상황이었다. 그래서 주연 오디션을 보며 친분을 쌓을 작정이었다.

"그런데 이게 시간이 얼마나 걸릴지 모르겠네."

계획은 세우고 있지만, 리허설을 해봐야 알 수 있는 일이다. 사실 만나서 짧은 시간 내에 그 사람의 호감을 얻는 일은 결코 쉬운 일이 아니다. 예상과는 다르게 실패할 수도 있었다. 그러니 일단 부닥쳐 보고 수정을 할 필요가 있었다.

머리를 쥐어짜면서 겨우겨우 일정을 조정해 새벽부터 오후 2시까지 일정을 만들었다.

"하아, 이거 고민이네."

2시부터 1시간 반 정도가 비었다. 어떻게 해도 넣을 사람이 없었다. 만날 수 있는 사람은 있지만, 그렇게 하면 다른 일정이 꼬여 버렸다. 주혁은 순간 이동 능력이 있어서 여기저기 막 다닐 수 있었으면 하는 생각이 간절했다.

2시부터 누굴 넣을까 계속 생각을 하다가 문득 떠오르는 사람들이 있었다.

"아, 똥개."

아예 생각지도 않았던 사람들이었다. 주로 연예계 생활이
나 자신의 미래에 도움이 될 만한 사람들로 생각하느라 나이
가 자신보다 어린 사람은 생각지도 않았다.

"그래. 그 친구들이라면 나쁘지 않지. 게다가 한 명은 연희
대학교 학생이기도 하고."

주혁은 빈 시간을 그들로 채우기로 했다. 전처럼 끝나고 맥
주는 못하겠지만, 친분을 다지는 건 충분히 가능할 테니까.
그는 서둘러 일정표의 2시라고 쓰인 곳에 똥개 등등이라고
적어놓았다.

그렇게 하면 다음 일정도 무난했다. 거리가 멀지 않으니 이
동하기도 편했다. 다행이라고 생각하면서 정리를 계속 해나
갔다. 그러다가 마지막으로 고민이 되는 부분이 있었다. 다른
시간대는 모두 채웠는데, 그 시간대는 아주 모호했다.

선택은 항상 어려운 일이다. 저녁 7시 시간대였는데, 둘 중
에서 한쪽을 선택해야 했다. 한쪽은 연예계에서 파워가 있는
사람들이었고, 다른 한쪽은 외국의 정치인과 황실의 사람이
었다.

"누구를 선택한다?"

당장 데뷔를 한다거나 하는 측면만 본다면 당연히 연예계

사람을 선택해야 했다. 하지만 다른 쪽은 제대로 터지면 대박
이 될 수도 있는 인연이었다.

"당장 도움이 되는 것이냐, 대박을 노리느냐 이건데……."

쉽지 않은 결정이었다. 선자를 선택한다면 당장 데뷔를 하
는 것도 가능했다. 기왕 배우의 길을 걷겠다고 선택한 것, 조
금이라도 빨리 데뷔를 하는 편이 좋겠다는 생각이 들었다. 마
냥 어린 것도 아니었으니까.

주혁은 고민하다가 결국 대박을 노리기로 했다. 어차피 연
예계 사람들은 다른 시간에도 많이 만나니 보험을 들어놓는
일도 나쁘지 않겠다는 생각이 들어서였다.

그렇게 일단 계획은 모두 짰다. 최대한 빡빡하게 일정을 정
했다. 자신이 보기에도 하루 동안 이 사람들을 전부 만나서
친분을 쌓는 것은 불가능할 것 같았다.

그리고 실제로 진행해 보니 그 생각은 아주 정확했다. 상대
를 만나지 못하는 경우도 있었고, 호감을 얻거나 좋은 인연을
만드는 데 실패를 하는 경우도 있었다. 안형진만 해도 그랬
다.

예상외로 시간이 오래 걸렸다. 오디션을 보는 내내 주혁의
연기를 아주 까다롭게 살폈다. 그러다 보니 오디션 시간이 아
주 오래 걸렸다. 하긴 자신의 첫 작품 주연 배우를 고르는 일
이니 당연한 일일 수도 있다.

주혁은 실패한 케이스나 조정이 필요한 부분을 정리해서 다시 작전을 세웠다. 그렇게 일정과 사람들과 인연을 만드는 작전을 수정하다 보니 시간이 훌쩍 지나갔다.

빈틈없이 계획을 세웠다고 했는데도 해보면 또 문제가 생겼다. 그래서 계속 수정을 했고, 정말 완벽한 계획이 되었다는 생각이 들었을 때는 7일이라는 시간이 흐른 후였다. 그리고 상자의 숫자는 0002가 되었다.

*　　　*　　　*

안형진은 날카로운 눈으로 주혁의 연기를 살폈다. 솔직히 큰 기대는 하지 않았다. 갑자기 연락이 와서 보기로 했지만, 나이가 어려서 자신이 원하는 깊이 있는 연기가 되리라고는 생각되지 않았다.

게다가 경력이라고는 몇 년 전에 한 단역이 전부였으니 더욱 그랬다. 최근까지는 별다른 활동이 없거나 아니면 이력서에 적기도 민망한 대사조차 없는 단역이었을 것으로 생각했다.

하지만 오디션을 보러 온 청년이 굉장한 친구라는 깨닫는 데는 많은 시간이 필요치 않았다. 대본을 주면서 설명을 해주고 곧바로 시작한 연기다.

그런데 첫 대사부터 소름이 쫙 돋았다. 자신이 상상하고 있는 이미지와 정확하게 일치하는 모습이었다.

마치 이 인물에 대해서 분석을 마친 사람 같았다. 그리고 안형진의 놀람은 그것으로 그치지 않았다. 영화의 주인공은 이중인격을 가진 인물이다. 당연히 두 인격을 연기해야 한다.

사실 하나의 배역도 제대로 연기하기 어렵다. 그런데 자신의 눈앞에 있는 젊은이는 두 인격을 제대로 연기하고 있었다. 아니, 마치 원래 이중인격을 가지고 있는 사람처럼 보였다. 연기가 아닌 것처럼 너무 자연스러웠다.

'내가 너무 자만하면서 살아왔구나.'

연기에 있어서는 그래도 상당한 위치에 있다고 생각했었는데, 어린 후배의 연기를 보고는 깨닫는 점이 많았다. 그의 머릿속에는 이미 주혁이 주인공으로 캐스팅되어 있었다.

주혁은 안형진의 눈빛과 표정을 보고는 그가 어떤 생각을 하고 있는지 알 수 있었다.

케이스마다 달랐지만, 안형진에게 최대한 강렬한 인상을 남겨야 일정을 빨리 끝낼 수 있다. 그래서 지금과 같은 연기를 선보이고 있는 것이었다.

하지만 그것을 알 리가 없는 안형진은 그저 감탄에 감탄을 하고 있었다. 대본을 처음 받고 설명을 들은 사람이 이런 연기를 하는 것도 가능하구나 하면서.

안형진이 그 정도였으니 다른 사람은 말할 것도 없었다. 옆에 앉은 촬영 감독과 안형진의 제자이자 작품에 출연할 배우 역시 입을 떡 벌어져서 주혁의 연기를 보고 있었다.

"그만해도 좋네. 이미 충분하게 본 것 같군."

그는 손을 들어 주혁의 연기를 멈추었다. 그리고 옆 사람들과 이야기를 나누었다. 사실 이야기를 나눌 필요도 없었다. 세 명 모두 저 사람이 아니면 주인공을 할 사람은 없을 거라는 확신이 들었다.

안형진은 주혁에게 그 자리에서 바로 주연 배우를 제안했다. 당연히 주혁은 조금의 망설임도 없이 제안을 받아들였다. 정말로 기뻐서이기도 했고, 빨리 움직여야 하니 시간을 단축하기 위해서이기도 했다.

"안에 들어가서 이야기를 좀 더 하지."

안형진이 밝게 웃으면서 이야기를 하자 주혁은 난감한 표정을 지어 보였다.

"죄송하지만, 제가 일을 해야 해서 바로 나가봐야 합니다. 정말 죄송합니다."

그는 고개를 숙이면서 양해를 구했다. 그는 그냥 일이라고 했지만, 안형진과 사람들은 고개를 끄덕였다.

경력을 보아하니 그동안 어렵게 살았을 것으로 생각해서

였다. 생계를 위해서 일하고 있을 것으로 생각하니 그의 입장이 이해가 되었다.

"그런데 일하면서 영화를 찍을 수 있겠나?"

안형진은 걱정된다는 투로 물었다. 주인공이라고는 하지만, 독립영화일 뿐이다. 출연료가 얼마나 되겠는가. 하지만 주혁은 그런 안형진의 걱정을 일거에 없앴다.

"월요일부터는 시간이 됩니다. 걱정하지 않으셔도 됩니다."

사람들은 고개를 끄덕였다. 안형진은 이 친구가 오디션에 붙으면 일을 그만둘 계획이었구나 하는 생각을 했다.

실력도 좋은 친구가 어려운 상황임에도 작품에 열의를 보이는 듯해서 더욱 마음에 들었다. 안형진은 당장 이야기를 나누고 싶었지만, 다음 주에 보자는 말로 아쉬움을 달래야 했다.

주혁은 공손하게 인사를 하고 밖으로 나왔다. 미안한 마음이 없는 것은 아니었지만, 크게 신경 쓰지 않았다. 오늘 같은 날 여기서 시간을 빼앗길 수는 없는 일이었으니까.

그는 재빨리 오토바이를 타고 다음 장소로 이동했다. 새벽에 오토바이 가게 문을 열고 들어가자 포커를 치고 있던 사람들이 깜짝 놀랐다. 하지만 오토바이를 빌리러 왔다고 하자 다시 포커에 집중했다.

주인장은 처음에는 짜증스러운 표정이었지만, 돈을 보여주자 화색이 돌았다. 아마도 돈을 잃던 중이었던 듯했다.

그렇게 빌린 오토바이가 정말 큰 역할을 하고 있었다. 토요일이라 차가 막히는 곳이 많았지만, 그럴 때 오토바이는 정말 유용했다. 덕분에 시간을 많이 절약할 수 있었다.

그렇게 바쁘게 움직이며 착실하게 일정을 소화한 주혁은 공원으로 향했다. 신중하게 친분을 다져야 하는 사람들을 상대하다가 또래와 운동을 할 생각을 하니 마음이 한결 편해지는 걸 느꼈다.

그가 운동하는 사이 두 팀은 티격태격하더니 역시나 키가 큰 강주원이 주혁에게 와서 말을 걸었다.

"저기 죄송한데, 저희가 팀원이 한 명 모자라서요. 혹시 같이 한 게임 하실 수 있으신가요?"

"그래요? 저도 농구 좋아하기는 한데 처음이라 손발이 잘 맞을까 모르겠네요."

주혁은 웃으면서 말했다. 그리고 역시나 시원하게 똥개를 발라주었다.

경기를 마치고 나니 이들과 뒤풀이를 하고 싶다는 생각이 간절했지만, 오늘은 아니었다. 대신 시원한 음료수를 잔뜩 사서 풀고는 인사를 나누었다.

"나이가 몇이우?"

"79년 양띠."

"그래도 형님이라 다행이네. 나이도 어린놈한테 깨졌으면 개망신인데. 82 개띠유."

똥개는 여전히 툴툴거리면서 말했다. 주혁은 아닌 척하면서도 자신에게 호감을 보이는 똥개를 보며 피식 웃었다.

주혁은 같이 농구를 한 사람들에게 내일 자신이 살 테니까 시원하게 맥주 한잔하자고 소리쳤다.

사람들이 손뼉을 치면서 휘파람을 불었고, 시간 약속까지 하고는 자리에서 떠났다.

오늘만 지나면 무엇이 걱정이겠는가.

주혁은 즐거운 내일을 기약하면서 다음 일정을 준비하러 움직였다. 그렇게 바삐 움직이다 보니 어느새 하늘이 붉어졌다.

주혁은 인사동에 도착해서 핸드폰으로 시간을 확인했다. 7시가 조금 못 미친 시간이었다.

그는 로또 판매점에 미리 번호를 적어 놓은 용지를 내밀었다. 용지에는 7, 9, 20, 25, 36, 42번이 표시되어 있었다. 130억 원이라는 거금을 안겨줄 보물덩어리를 조심스럽게 지갑에 넣은 주혁은 근처에 있는 골동품 가게로 움직였다.

이 사람들은 정말 우연하게 만난 사람들로 초창기에 술을 마시고 놀러 다니기도 할 때 알게 된 인연이었다. 그것도 미처 알아채지 못할 뻔했다. 주혁이 국내에 잘 알려지지 않은 외국 정치인을 어떻게 알겠는가.

그런 면에서 보면 여기저기 방황하면서 돌아다닌 시간도 나름대로 쓸모 있는 것이 아닌가 하는 생각도 들었다. 만약 계속 목표만 향해서 움직였다면 이 사람들은 전혀 알 수 없었을 테니까.

그런데 이 인연은 타이밍이 굉장히 중요했다. 정치인과 황실 인사, 둘 모두에게 최대한의 호감을 주기 위해 세심하게 시간을 조절해야 했다.

주혁은 일단 인사동에 있는 골동품 가게로 움직였다. 여유가 있어 주변을 구경하면서 천천히 걸었다. 목표로 한 가게에 도착했을 때, 아직 외교관은 골동품 가게 안에 남아 있었다. 찬찬히 물건을 구경하는 모습이 밖에서 보였다.

사실 국내에서 그 외국 정치인을 아는 사람은 거의 없었다. 지금 인사동에 있는 사람 중에 정체를 아는 사람은 그의 일행을 제외하면 주혁이 유일할 것이다.

"하긴, 황실 집사가 아니었으면 나도 모를 뻔했지."

황실 집사는 그래도 제법 얼굴이 알려진 인물이었다. 그래서 주혁이 알아보았고, 그런 인물이 정중하게 대하는 것을 보고 관심이 생겼다.

그리고 나중에 그 중국 정치인이 국내에는 그다지 알려지지 않았지만, 상당한 영향력을 가진 인물이라는 것까지 알 수 있었다.

"그래, 어차피 앞으로는 아시아권이 커질 수밖에 없어. 그러니 좋은 관계를 맺어둬서 나쁠 것 없지."

주혁은 자신의 선택이 나중에 어떤 결과를 가져올지는 모르겠지만, 너무 현실적인 것에만 매달리는 것보다는 미래를 위한 투자도 필요하다고 판단했다.

그리고 이렇게 자신과 인연이 닿은 것을 보면 어떤 운명적인 것이 있는 게 아닌가 하는 생각도 들었다.

"이제 주머니를 뒤지다가 지갑이 없는 것을 알고는 당황해서 뛰어나가겠지."

그의 말대로 덩치가 좋은 외교관은 주머니를 뒤지다가 안색이 조금 변하더니 서둘러 밖으로 나왔다. 그리고 황급히 자신의 차량이 있는 곳으로 뛰어갔다. 아마 조금 있으면 지갑을 가지고 뛰어올 것이다.

'그 뒤로 황실 집사가 바로 달려올 테고 말이지.'

주혁은 웃으면서 천천히 골동품 가게 안으로 들어갔다. 나이가 지긋한 주인장이 그를 반겼다. 주혁은 여유 있게 내부를 둘러보다가 옥으로 만든 목걸이와 팔찌 세트가 있는 상자를 집어 들었다.

용이 새겨져 있는 그 물건은 그리 고가는 아니었다. 중국에서 건너온 물건인 이 세트는 100만 원도 채 안 되는 가격이었다.

사실 그보다는 더 가치가 있는 물건이었지만, 우리나라에서는 인기가 없었다.

아무튼 주혁은 물건을 들고 주인장에게 다가갔다. 슬쩍 창밖을 보니 중국 외교관이 헐레벌떡 뛰어오고 있었다.

몇 차례 시뮬레이션을 해서 주혁은 타이밍을 잘 알고 있었다. 셈을 치르고 물건을 가지고 돌아서는 순간, 외교관이 문을 열고 들어왔다.

그가 이 물건을 사려는 이유는 사랑하는 아내에게 선물하기 위해서였다.

아내에게 제대로 된 선물을 해본 적이 없다는 것이 늘 가슴에 걸렸었기 때문이었다.

그런데 이곳에서 발견한 용이 조각된 목걸이와 팔찌 세트는 무척 마음에 들었고 가격도 70만 원 정도로 흥정해서 낮출 수 있었다. 아내도 분명히 좋아할 물건이었다. 그런데 아뿔싸, 지갑을 놓고 와서 부랴부랴 차에서 다시 가지고 온 것이다.

"아!"

저절로 탄식이 나왔다. 하필 그 물건을 다른 사람이 들고 있는 것이 아닌가. 그것도 보아하니 막 계산을 마치고 들고 나가려는 모양새였다. 덩치가 커다란 중국 외교관은 그 물건에서 눈을 떼지 못했다.

주혁은 물건과 그 사람을 번갈아 쳐다보다가 의아한 표정으로 물었다.

"저기, 혹시 무슨 일이라도 있으신지……."

누군가가 자신이 방금 산 물건에서 눈을 떼지 못하고 계속 쳐다본다면 당연히 사연이 있다고 생각할 것이다. 외교관은 한숨을 내쉬더니 이내 표정을 바로 했다.

아내가 좋아할 물건이라 선물로 주려고 했는데, 임자는 따로 있었다고 그는 웃으면서 영어로 이야기했다. 아쉽다는 기색이 역력했다. 주혁은 고개를 끄덕이더니 혹시 중국인이냐고 물었고, 그는 그렇다는 대답을 했다. 말은 영어로 했지만 중국 억양이 있었으니 눈치채도 이상할 일은 아니었다.

주혁은 약간 어설픈 중국어로 질문했다. 이곳에 온 이유를 물어도 실례가 되지 않겠느냐는 질문이었다. 그는 주혁의 중국어에 놀란 얼굴이 되더니, 자신은 중국 정치인으로 한국의 초청으로 방문했다고 짧게 답변했다.

주혁은 빙긋 웃더니 손에 들고 있던 물건을 그에게 내밀었다. 그러자 외교관은 커다란 눈을 껌뻑이면서 이게 뭐냐고 물었다. 주혁은 선물이라고 대답했다.

외교관은 손사래를 치면서 거절했지만, 주혁은 미리 테스트해 보고 그가 가장 좋은 반응을 보인 답변을 했다.

당신이 아내를 사랑하는 마음이 표정에 너무 절절하게 나타나서 도저히 이 물건을 마음 편하게 가져갈 수 없을 것 같다고.

그 표정을 보고도 이 물건을 가져갔다가는 잠을 못 잘 것 같다고 농담을 하자 외교관의 얼굴에 미소가 지어졌다.

물건에 임자는 따로 있다는 외교관의 말을 인용하면서, 한국의 초청으로 중국에서 오셨다니 한국과 중국의 우호를 다지는 작은 선물로 생각해 주셨으면 좋겠다는 말도 곁들였다.

주혁은 빨리 상자를 주어야 했기에 외교관의 손에 그것을 쥐여주었다. 만약 여기서 말로 실랑이를 하다가 황실 집사가 들어오면 호감을 살 수 없게 된다. 그가 오기 전에 선물을 주는 상황을 마무리 지어야 한다.

'빨리 받아라, 황실 집사가 오기 전에.'

주혁은 웃으면서 상자를 그의 손에 꽉 쥐여주었다. 뇌물이라면 펄쩍 뛰는 사람이었지만, 외교관은 이 상황을 좋게 해석하기로 했다.

이것은 뇌물이라고 하기는 무리가 있었다. 대가를 요구하는 것도 아니었고, 자신을 알지도 못하는 한국 사람이었으니까.

그리고 처음 보는 자신에게 이런 호의를 베푸는 주혁이 고마웠다. 그것도 자신이 아내를 사랑하는 마음에 감동해서 주는 선물이라니. 그에게는 더욱 의미가 있고 기분 좋은 말이었다.

그는 주혁에게 손을 내밀었다. 그리고 나중에 기회가 된다면 반드시 보답하겠다며 자신의 이름은 습근평이라고 했다. 주혁은 그럴 기회가 있으면 부탁하겠다고 대답했다. 둘은 웃으면서 손을 맞잡았다. 둘이 손을 잡자마자 황실 집사가 헐레벌떡 뛰어서 들어왔다.

'타이밍 좋고.'

여러 번 테스트해 보았는데, 지금 타이밍이 가장 좋았다. 둘이 악수를 하는 바로 이 타이밍. 황실 집사는 어리둥절한 표정으로 둘을 쳐다보았다.

황실 집사인 음형식의 입장에서는 그럴 법도 했다. 중요한 손님이 잠시 들를 곳이 있다기에 자신이 안내하겠다고 했지만, 개인적인 용무이니 그럴 필요가 없다고 해서 차에서 기다리고 있었다.

그런데 갑자기 습근평이 헐레벌떡 차로 뛰어오더니 다시 뛰어가는 것이 아닌가.

음형식은 무슨 일이라도 생긴 것인가 싶어서 재빨리 차에서 내려 뒤쫓아 갔다. 그런데 골동품 가게로 뛰어들어 갔던 습근평이 웬 젊은이와 악수하고 있는 게 아닌가.

얼마나 황당한 상황인가. 이 사건들을 하나로 연결할 스토리가 음형식의 머릿속에는 떠오르지 않았다. 하지만 지금 무슨 일이 벌어졌는지 다그칠 수는 없는 일. 그는 조용히 상황을 지켜보았다.

주혁은 습근평과 악수를 한 채 잠시 이야기를 나누었다. 습근평이 자신의 외교관 명함을 건네자 황실 집사 음형식이 주혁에게 다가갔다. 주혁은 지금 어떤 상황이 그에게 벌어졌는지 설명했다.

황실 집사인 음형식은 주혁이라는 젊은이가 너무나도 예뻐 보였다. 어떻게든 한국에 대한 이미지를 좋게 하라는 황제의 특명을 받은 상태였다.

'황제께서는 이자가 앞으로 중국의 유력 인사가 될 터이니 인연을 맺어둘 필요가 있다고 하셨지.'

이름이 그다지 알려진 사람은 아니었지만, 잠깐이지만 옆에서 지켜본 바로는 크게 될 인물이었다. 황가에서 오래 일해 온 자신의 감이 그렇게 말하고 있었다. 그런데 좋은 인연이나 한국에 대한 호감 같은 것은 인위적으로는 만들어지지 않는다.

당연히 그러지 않겠는가.

'이 녀석이 내가 좀 잘나갈 것 같으니까 접근하는구나' 라고 상대방을 인식하게 되면 호감이 생길 리 없다. 그래서 어떻게 습근평의 마음을 움직일 수 있을까 하는 고민을 하는 중이었다.

하지만 주혁이라는 젊은이가 그 고민을 한 방에 해결해 준 것이다.

습근평의 표정만 봐도 알 수 있었다. 정말 즐겁다는 기분이 표정에 그대로 나타나 있었다. 이 일은 앞으로 만나는 사람들과 일정에도 영향을 줄 것이다.

습근평이 나간 사이에 음형식은 주혁에게 고맙다는 인사를 했다. 덕분에 습근평 씨가 우리나라에 대해 좋은 이미지를 가지게 될 것 같다고 하면서 명함을 주었다. 주혁은 명함이 없는 상태라 연락처만 알려주었다.

그들과 헤어지고 모든 일정을 마무리한 주혁은 집으로 돌아와 시간을 확인했다. 10시 35분. 그는 재빨리 컴퓨터를 켜고 오늘 일을 정리하기 시작했다.

상자의 숫자가 0002였으니 하루의 여유가 있었다. 하지만 주혁은 버튼을 누를 생각이었다. 내일 다시 한 번 같은 일정을 한다면 잘하긴 하겠지만, 지금같이 뿌듯한 기분은 들지 않을 듯해서였다.

보통 사람이라면 상상할 수도 없는 많은 사람을 만나고 친분 관계를 맺었다. 사실 그 관계가 어떻게 될지는 앞으로 자신이 어떻게 하느냐에 달려 있을 것이다. 개중에는 신경을 쓰지 못해서 잊히는 그런 관계도 있을 터이다.

하지만 자신이 최선이라고 선택한 사람들이었다. 무리가 되더라도 지금 선택한 사람들과는 좋은 인연을 만들어갈 생각이었다.

일단 메일을 보낼 사람들에게 메일을 전송했다. 개중에는 중국 외교관인 습근평과 황실 집사인 음형식도 있었다. 주혁은 습근평과 음형식의 명함을 특별한 보관함에 넣었다.

일정을 정리하고 시간을 보니 11시 30분이 조금 넘어 있었다. 주혁은 인터넷을 검색했다. 역시나 로또 1등은 한 명이라는 기사가 올라와 있었다. 주혁은 당첨 번호와 자신의 로또 용지를 다시 한 번 보고는 히죽 웃었다.

정리를 마치고는 상자로 다가갔다. 여전히 은색으로 빛나는 상자. 숫자는 0002. 버튼은 빛나고 있었다. 그는 망설임 없이 버튼을 눌렀다.

"하아, 이제 드디어 시간이 가는구나."

지난 4,900여 일 동안 해온 일들이 머릿속을 스쳐 지나갔다. 힘겹고 포기하고 싶었던 순간도 있었지만, 어찌 되었건 자신은 그 모든 것을 이겨내고 지금 이 자리에 있다.

주혁은 옷을 모두 벗고 거울 앞에 섰다. 자잘하게 갈라진 근육들이 온몸을 뒤덮고 있었다.

배에는 선명한 식스팩이 자리 잡고 있었고, 어디 하나 군살 있는 부분이 없었다. 내일은 안형진을 만나서 이야기를 나누고, 농구를 했던 친구들과 맥주를 마시고 푹 쉴 것이다.

월요일이 되면 바로 로또 당첨금을 받고 건물 하나와 집을 살 것이다. 살 집과 건물은 이미 다 조사해 두었다.

건물은 홍대에 있는 50억 원짜리 물건이었는데, 주인이 급한 일이 있어서 시가보다 10억 원 정도 싸게 내놓은 물건이었다.

월세가 달에 3,000만 원 가까이 나오니 이 건물만 가지고 있으면 평생 먹고살 걱정은 없을 터였다.

그리고 집은 그리 멀지 않은 곳에 있는 단독 주택을 사기로 했다. 조금 낡긴 했지만, 마당과 정원이 아름다워 마음에 쏙 들었다.

고갯길에 있는 그 집을 보자마자 꼭 사야겠다는 느낌이 들었다. 연희대학교와도 그리 먼 거리가 아니니 걸어서 다니면 된다는 점도 마음에 들었다.

주혁은 앞으로의 일을 상상하면서 편안하게 잠이 들었다. 그리고 정말 오랜만에 아무런 일도 없는 밤이 조용히 흘러가고 있었다.

*   *   *

주혁은 당첨금을 받고서 가장 먼저 고급 의류 판매장에 들러 양복과 여성용 옷을 몇 벌 샀다. 그리고 물건들을 가지고 시골집으로 향했다.

시골집에 가니 관리를 안 해서인지 전보다도 더 폐가 같은 느낌이었다. 그는 물건을 챙겨 산에 올라갔다.

산에는 몇 개의 봉분이 있었다. 주혁은 옷을 봉분 위에 놓았다.

"아버지, 어머니, 죄송합니다. 이제야 왔습니다. 그리고 동생들아, 미안해. 이럴 때 같이 있었으면 얼마나……."

주혁은 말을 마치지 못했다.

울지 않으려 했는데, 눈물이 저절로 폭포수처럼 쏟아졌다. 주혁은 앞이 아예 보이지 않았다. 물방울 너머로 희미한 형제만 보일 뿐이었다.

그는 어두워질 때까지 그곳에 누워 있었다. 조금이라도 가족들과 같이 있고 싶어서였다.

해가 서산에 걸려 어둑해지기 시작하자 그제야 자리에서 일어난 주혁은 옷깃을 여미고 절을 했다.

"아버지, 어머니, 그리고 동생들아. 앞으로 저 잘살 겁니다. 보란 듯이 살 겁니다. 그리고 손자, 조카 데리고 올 거예요. 조금이라도 걱정하지 않게 정말 잘사는 모습 보여 드릴게요. 그러니 편안히 쉬세요."

주혁은 말을 마치고는 눈가를 훔치면서 산에서 내려왔다. 그에게는 90억 원이 넘는 거금이 있었지만, 그것이 가슴을 채워주지는 못했다.

CHAPTER **03**
새로운 시작

로또 당첨자가 한 명이라는 뉴스는 화제가 되었지만, 이내 사람들의 기억에서 흔적도 없이 사라졌다. 세상에는 관심을 끄는 뉴스가 너무 많았으니까.

　주혁이 가장 먼저 한 일은 봐두었던 상가 건물과 집을 사는 일이었다. 이미 철저하게 조사를 한 뒤라 망설일 이유가 없었다. 바로 계약을 마친 주혁은 집에 세간을 들이기 시작했다.

　그리고 자신의 몸에 어울리는 옷과 액세서리도 사들였다. 이제는 더 이상 그를 굼바라고 부를 사람은 없었다. 140kg이 넘었던 그였지만, 지금은 185cm의 늘씬한 키에 75kg의 다부진 몸으로 모델 부럽지 않았다.

그래서인지 어느 판매장을 가든 여직원의 시선은 주혁에게 집중되었다. 지나가던 여자들이 힐끔힐끔 쳐다볼 때도 있었다. 예전에는 너무 기괴한 모습이라 사람들이 쳐다보았다면, 지금은 호감이 담긴 눈길이었다.

얼마 전까지 그를 아는 사람이 길을 가다 주혁을 보았다면 아마 절대로 알아보지 못했을 것이다. 주혁은 그렇게 사람들의 시선을 만끽하며 거리를 활보했다.

건물이야 회사에 맡겨서 관리하도록 했고, 수능이나 독립 영화를 찍는 것도 문제가 없었다. 돈이 넉넉하니 쇼핑을 하는 재미도 쏠쏠했다.

하지만 한밤중 텅 빈 집에 혼자 있을 때면 어쩐지 쓸쓸하다는 기분이 들었다.

독립 영화는 순조롭게 촬영이 진행되었다. 사실 배우로서의 안형진은 존경할 만했지만 감독으로서의 재능은 그저 그랬다. 시나리오나 연출이 좋다고 보기 어려웠다. 주혁은 주인공으로서 최선을 다했지만 다소 아쉽기는 했다.

그런 점은 안형진도 영화를 촬영하면서 뼈저리게 느끼고 있었다. 생각했던 것과 실제는 정말 달랐다. '괜히 영화를 찍

는다고 욕심을 부렸구나' 하고 중얼거리는 것을 듣기도 했
다.

촬영이 모두 끝나고 안형진이 술자리에서 주혁에게 말했
다.

"주혁아, 미안하다."

"갑자기 그게 무슨 말씀이세요, 감독님."

안형진은 술잔을 입에 털어 넣고는 말을 이었다.

"난 감독으로서는 빵점이야. 너라면 조금 더 좋은 작품을
해야 했어."

"에이, 무슨 말씀이세요. 제가 어디 작품 가릴 처지인가요.
주인공으로 써주신 것만 해도 저로서는 너무 감사했어요."

안형진은 주혁의 재능이 아까웠다. 이런 배우가 빛을 보지
못하고 있다는 게 이해가 되지 않을 정도였다. 그렇게 힘겨운
시간을 보냈으니 표현력이 남다른 것으로 여겨졌다.

'하긴 그런 일을 겪었으니 그런 내면 연기가 가능했을 테
지……'

안형진이 보기에 주혁의 연기는 27살짜리가 할 수 있는 연
기가 아니었다. 내면의 깊이가 있고, 보고 있자면 울림이 있
었다. 어떤 일을 겪었는지 듣고 나니 그 연기력이 이해가 되
었다.

가족의 죽음과 애인의 배신, 친인의 사기로 가산 탕진. 다

른 사람들은 영화로나 볼 법한 일은 겪었으니 팔자가 참 기구하다는 생각도 들었다.

"넌 앞으로 크게 될 놈이야. 내가 장담하지."

"잘 클 수 있게 많이 가르쳐 주십시오."

주혁의 말을 들은 안형진은 웃으면서 어깨를 툭툭 쳤다. 형진은 기회가 된다면 주혁을 소개해 주어야겠다고 생각했다. 이런 배우라면 어떤 작품에라도 자신 있게 소개할 수 있었다. 많은 걸 가지고 있고, 무척 영리한 배우였으니까.

영화를 찍으면서 주혁에게 고맙다는 느낌을 받은 것이 한두 번이 아니었다.

상대 배우까지 집중시키고, 주변 분위기를 휘어잡는 능력이 있었다. 그리고 자신이 무언가를 이야기하면 핵심을 탁 잡아채서 바로 적용했다.

그러니 촬영장 분위기가 좋은 것은 물론이고 사람들 모두가 집중해서 일할 수 있었다. 부족한 감독으로서 정말 고마운 일이었다.

어디 그뿐인가. 성실하고 엄청난 노력을 하는 녀석이었다. 누구보다 먼저 나와서 연습했고, 연습할 때도 집중력이 굉장했다. 마치 카메라가 돌아가고 있는 상황에서 연기하는 것 같았다.

안형진이 놀란 점은 그림이 잘 나와도 연습을 멈추지 않는

다는 것이었다. 계속 반복했다, 그 연기가 완전히 몸에 배도록 만들겠다는 듯이. 그래서인지 실제로 촬영에 들어가면 아주 자연스러웠다.

그리고 시간이 날 때마다 스태프가 하는 일도 도왔다. 물건도 같이 나르고 웃으면서 이야기도 했다.

연기를 잘하면서 쉬지 않고 노력하는 배우를 싫어하는 스태프는 없을 것이다. 거기다가 겸손하고 항상 자신들을 도와주는 친근함까지 가졌다면 더할 나위가 있겠는가.

안형진은 촬영 감독이 한 말이 생각났다. 이 바닥에서 20년 넘게 일했는데, 주혁이 자신이 본 배우 중에서 스태프에게 가장 인기가 많은 배우라고. 저런 배우하고 일하면 없던 힘도 솟아날 것 같다고.

"가만. 자네 이번에 수능을 본다고 했지?"

"예. 늦었지만 도전해 보려고요."

안형진은 고개를 끄덕였다. 대학교는 나오는 편이 좋았다. 이러니저러니 해도 대한민국은 학력 사회 아닌가. 미래를 위해서라도 주혁의 선택은 옳다고 생각되었다. 남들보다 조금 늦긴 했지만, 주혁과 같이 성실한 녀석이라면 큰 상관은 없을 거라 생각되었다.

"공연히 나 때문에 문제가 되는 건 아닌지 모르겠군."

"아닙니다. 준비는 잘하고 있습니다. 점수도 제법 잘 나오고 있구요."

주혁은 밝게 웃으면서 이야기했다. 사실 모의고사를 보면 거의 만점에 가까운 점수를 받고 있었다. 큰 실수만 없다면 자신이 목표로 하는 연희대학교 경영학과에 문제없이 합격할 수 있을 것이다.

"그래, 어디 연영과를 가려고 하나?"

안형진은 주혁이 당연히 연극영화과에 진학할 것으로 생각했다. 그렇다면 자신이 도움되는 말을 해줄 수도 있다. 하지만 주혁의 말에 안형진은 당황할 수밖에 없었다.

"저… 연영과는 아니고 경영학과에 지원하려고 합니다."

"경영학과? 예상 밖이군그래. 어느 대학을 생각하고 있나?"

"연희대학교를 목표로 하고 있습니다."

안형진은 술을 마시다가 목에 걸렸는지 컥컥거렸다. 주혁은 얼른 물을 따라서 그에게 내밀었다. 물을 마시고도 몇 차례 더 컥컥거리더니, 주혁의 얼굴을 빤히 쳐다보았다.

'잘생겼어. 몸 좋고. 연기에도 재능이 있어. 성실한 노력파에 겸손하고 친화력도 뛰어나고. 여기까지만 해도 비현실적인 캐릭터인데, 학벌까지?

안형진은 딸의 나이가 10살이라는 점이 너무 안타까웠다. 적령기의 딸이 있었으면, 무조건 이 녀석과 연결하려고 난리를 쳤을 것이다.

안형진은 혹시 이 녀석이 허풍을 치는 건가 싶었다. 그래서 조심스레 질문을 던졌다.

"연희대학교면 점수가 꽤 높을 텐데……."

"간신히 합격할 정도는 되는 것 같습니다. 수능 당일에 운이 좀 따라줘야겠죠."

안형진은 알 수 있었다, 주혁이 합격을 자신하고 있다는 것을. 그의 표정, 자세, 말투. 모든 부분에서 자신감을 읽을 수 있었다. 안형진은 자신이 미래의 슈퍼스타를 보고 있다는 걸 깨달았다.

안형진은 술을 털어 넣고는 중얼거렸다.

"아쉽구먼. 수능만 아니라면 감독 한 명 소개해 줄 텐데. 실력 있는 감독이라 배울 점도 많을 테고."

주혁이 아직은 경험이 없다시피 하니 비중 있는 역할을 맡지는 못할 것이다. 상업 영화는 철저하게 자본의 논리에 의해서 진행되니까. 그래도 실력 있는 감독이니 꼭 소개해 주고 싶었다.

하지만 일생이 걸린 수능을 앞두고 있으니 무리라고 생각하던 순간 주혁이 즉각 반응했다.

"수능 당일만 아니면 언제든 가능합니다. 어떤 작품이든 소개만 해주시면 열심히 하겠습니다."

"응? 그래?"

주혁은 눈을 반짝이며 안형진을 쳐다보았다. 형진은 허허 웃으면서 입을 열었다.

"자네도 들어는 봤을 걸세. 우리나라에서 블록버스터 영화를 찍는다고."

"아, '괴물' 말씀하시는 거군요."

안형진은 주혁을 괴물의 조감독에게 부탁할 생각이었다. 먼 친척이기도 한 그 녀석이라면, 분명히 신경을 써줄 것이다. 영화 쪽 일을 한다고 해서 처음부터 자신이 챙기고 도움을 주었던 녀석이니까.

"아마도 대사도 없는 단역이겠지만 경험은 될 걸세. 어때, 해보겠나?"

"물론입니다. 기회만 주시면 열심히 하겠습니다."

안형진은 적극적으로 나서는 주혁을 보면서 부드럽게 미소 지었다. 이렇게 열심히 하려는 후배에게 어떻게 호감이 생기지 않을 수 있겠는가. 그는 자리가 파한 다음 날, 조감독에게 연락했다.

* * *

결국 안형진 감독의 독립 영화는 개봉조차 하지 못했다. 하지만 주혁은 실망하지 않았다. 어느 정도 예상했던 일이었다. 하지만 실망하지는 않았다. 그가 나아갈 배우의 길은 지금부터였으니까.

그리고 영화 괴물에는 8월 30일 정도부터 출연하게 되었다. 안형진은 아직 대사는 없겠지만 잘해보라고 했다. 주혁도 처음부터 비중 있는 역을 맡을 것이라고는 생각지도 않았다. 자신은 이제 막 걸음을 시작한 아이와 같았다. 하나씩 차근차근 단계를 밟아서 올라갈 것이라고 결심했다. 그리고 결국에는 가장 정상까지 오르겠다고 다짐했다.

띠리리링.

갑자기 울린 핸드폰 소리에 얼른 액정을 확인했다. 얼마 전에 최근 유행하는 가로본능2 핸드폰으로 바꾸었는데, 딱히 좋다는 느낌을 받지는 못했다. 액정을 보니 미스터 K로부터 온 연락이었다.

"알아낸 것이 좀 있습니까?"

─확인한 내용이 있습니다. 자료를 퀵으로 보냈으니 조금 있으면 도착할 겁니다.

미스터 K. 주혁이 절대로 포기할 수 없어서 스케줄을 짜는 데 골머리를 앓게 만든 사람 중 한 명이었다. 그는 일반인들에게는 전혀 알려지지 않았지만 정보 계통에서는 엄청난 인물이었다.

업자들도 잘 알지 못하는 이름. 최고의 실력자들 사이에서나 언급되는 이름이 바로 미스터 K였다.

주혁은 자신에게 사기를 치고 돈을 빼돌린 지재우를 용서할 수 없었다. 하지만 그를 찾을 방법이 없었다. 그래서 전문가가 필요했다, 최고의 전문가가.

4,900여 일 동안 숱하게 많은 전문가를 만나보았다. 그리고 그중 최고가 미스터 K라는 사실을 확인할 수 있었다. 아마도 그의 딸이 난치병에 걸려 매달 엄청난 치료비가 든다는 사실을 몰랐다면, 계약을 할 수 없었을 것이다.

비록 한 달에 1,000만 원이라는 거금을 주기로 했지만, 그놈을 찾을 수만 있다면 아깝지 않았다.

계약하기 어려웠던 이유는 그가 이 세계의 지저분한 일을 하는 것에 환멸을 느끼고 있었기 때문이었다. 만약 딸만 아니었다면 벌써 이 일을 그만두었을 것이다.

그래서 주혁이 사람을 찾으려는 이유를 설명하고 돈을 대겠다고 하자 승낙했다. 그런 종류의 일이라면 얼마든지 하겠다는 말도 덧붙였다.

앞으로도 이런 인물이 곁에 있으면 상당한 도움이 될 듯했다. 그래서 처음에는 지재우를 찾는 일만 의뢰하려다가 계약을 해버렸다.

예전에 흥신소에도 지재우를 찾아달라고 의뢰를 한 적이

있었는데, 실패했었다. 그 흥신소가 실력이 없는 곳이었는지 아니면 지재우가 잘 숨어 있는 것인지는 모르겠지만.

—자료를 보시고 연락 주십시오.

"알겠습니다. 수고하셨습니다."

통화를 마치고 얼마 지나지 않아 퀵으로 서류가 도착했다. 봉투를 열어 안에 있는 내용을 보니 지재우가 신분을 세탁한 상태이며, 필리핀으로 출국했다는 내용이 있었다.

"이런. 이래서 찾지를 못한 거였구나."

지재우라는 이름을 아예 지워 버리고 새로운 사람으로 살아가고 있으니, 찾는 것이 어려울 수밖에 없었다.

"용케 알아냈네. 역시 전문가라 그런지 다르긴 달라."

그는 즉시 미스터 K에게 전화를 넣었다.

—자료를 보셨습니까.

"예. 조창현이라는 이름으로 바꾸고 필리핀으로 출국한 건 알겠더군요."

주혁은 종이를 뒤적이면서 이야기했다.

—맞습니다. 현재 위치를 파악하려면 시간이 좀 걸릴 것 같습니다. 아무래도 외국이다 보니…….

"시간은 얼마가 걸려도 좋습니다. 찾기만 하면 됩니다."

주혁의 얼굴에서 스산한 냉기가 흘러나왔다. 그는 절대로 용서할 생각이 없었다. 반드시 죗값을 치르게 할 것이다, 그것도 아주 혹독하게.

주혁은 영화, '괴물'에 대해 알아보면서 시간을 보내고 있었다. 수능 준비도 하고 있었지만, 점수는 꾸준히 유지되었다. 그러니 특별한 일이 생기지 않는 한 합격에 문제가 없을 듯했다.

그런데 자료를 검색하던 중 충격적인 기사를 보게 되었다. 김소민 선수에 대한 기사였다. '스폰서가 절실한 피겨 요정 김소민'이라는 제목이었는데, 첫 줄에 있는 인터뷰 내용이 마음을 더욱 쓰리게 했다. 스폰서가 나타나 편안히 운동할 수 있었으면 좋겠다는 이야기였다.

주혁은 머리를 때리면서 반성했다. 그 학생이 열심히 연습하는 모습을 보면서 얼마나 큰 도움을 받았던가. 시뻘겋게 멍든 다리를 보면서 마음을 다시 잡을 수 있었던 것이 몇 번이었던가. 그래서 꼭 보답하겠다고 다짐했었다.

주혁은 사람 마음이 참 간사하다고 생각했다. 상황이 좋아지니 예전 생각은 까맣게 잊고 있었다. 그는 크게 자책하면서 기사 내용을 자세히 읽어보았다.

1년에 총 훈련 비용이 7,000만 원 정도 드는데, 대부분 부모님의 지갑에서 나올 수밖에 없다고 했다. 비인기 종목이라 스폰서를 구하기가 어렵다는 말도 있었다. 절로 한숨이 나오는 내용이었다.

"아니, 아무리 주니어라고 해도 국제 대회에서 저렇게 좋은 성적을 냈는데……."

사람들의 생각도 비슷하겠지만, 주혁은 그동안 우리나라에서 금메달을 딸 수 없을 걸로 생각하는 종목들이 있었다. 수영, 피겨 스케이팅, 리듬 체조, 단거리 육상 같은, 우리나라에선 불모지나 다름없는 그런 종목들.

혹시 재능이 있는 사람이 있다손 치더라도 제대로 성장하기가 어렵다고 보았다. 연습할 장가 있기를 한가, 아니면 제대로 배울 코치가 있길 한가. 이런 열악한 현실에서 그런 종목에서 세계적인 선수가 나온다는 것은 기적이나 다름없는 일이었다.

그런데 그런 기적이 일어나려 하고 있었다. 정말 사막에서 꽃 한 송이가 기적적으로 핀 셈이다. 그런데 사람들이 구경만 하고 아무도 보살펴 주려 하지 않고 있다. 이대로 두었다가는 말라 죽을지도 모르는 일이다.

"도대체 세금은 걷어다가 다 어디 쓰는 거야?"

주혁은 신경질을 내면서 연락처를 수소문했다. 자신이 본 기사를 작성한 기자에게 연락해서 김소민 선수의 어머니와 통화를 할 수 있었다. 지원하고 싶다는 뜻을 전하자 무척이나 기뻐했다.

과천 아이스링크 근처에서 만나기로 약속하고는 주혁은

얼마를 지원해야 할까 고민했다. 그는 여러모로 알아보고는 1억 원을 지원하기로 했다. 기사에 나온 7,000만 원은 정말 최소한의 금액이었다.

현재의 수입은 월세와 이자 수입을 포함하여 매달 대략 4,000만 원 정도였다. 그중에서 1,000만 원은 미스터 K에게 가니 제하고, 각종 비용과 세금을 제해도 여유 자금이 1년에 1억 원이 조금 넘었다.

"그래, 내가 받은 게 있으니 이 정도는 해줘야지."

그는 만약 필요하다면 조금 더 지원해 줄 의사도 있었다. 그 어린 학생에게서 받은 것은 이깟 돈 몇 푼에 비할 바가 아니었으니까. 그 학생이 아니었다면 자신은 그 긴 시간을 결코 버티지 못했을 것이다.

마음 같아서는 받은 돈의 절반을 주어도 아깝지 않았다. 어떤 사람은 미친놈이라고 할 수도 있을 것이다. 하지만 주혁은 그렇게 생각하지 않았다.

"내가 하고 싶은 대로 하면 되지, 내 마음 가는 대로. 내 일은 내가 결정한다."

그렇게 결정하고 며칠 후, 드디어 약속한 날이 되었다. 주혁은 과천에 있는 아이스링크 근처 카페로 들어갔다. 낮이라 그런지 상당히 한산했다. 손님이 몇 없어서 김소민 선수의 어머니를 금방 찾을 수 있었다.

김소민 선수의 어머니는 주혁이 다가오자 조금 당황했다. 전화상으로 목소리를 들었을 때, 나이가 많지는 않다는 건 알고 있었다. 하지만 그렇다 하더라도 너무 어렸다. 20대 대학생처럼 보이는 사람이 나타날 거라고는 상상도 하지 못한 일이었다.

"제가 연락드린 강주혁입니다."

"아… 네…….”

김소민 선수의 어머니가 아무 말도 하지 못하고 있자, 주혁이 먼저 인사를 하며 이야기를 건넸다. 그제야 그녀는 몸을 일으켜서 인사를 했다. 인사를 하고 자리에 앉았지만 어색한 분위기는 계속되었다.

"제가 너무 어려 보여서 놀라셨나 봅니다."

주혁은 일단 마실 것을 주문하고는 분위기를 바꾸기 위해서 가볍게 말을 붙였다. 김소민 선수의 어머니는 어쩔 줄을 몰라 했다. 도움을 주러 온 사람인데 자신이 실수하고 있는 것 같아서였다.

"그냥 아는 동생이라고 여기고 편하게 생각하시면 됩니다."

"그래도 어떻게…….”

주혁이 웃으면서 친근하게 말을 하자 그녀는 분위기가 조금 편안해짐을 느꼈다. 덕분에 마음의 여유가 생긴 그녀는 이야기하면서 앞에 앉아 있는 주혁을 살피기 시작했다.

처음에는 너무 젊다는 것만 눈에 들어왔었다. 아무리 젊어도 30대 초반일 터이고, 대기업 직원이 올 것으로 예상해서인지 너무 젊고 회사원처럼 보이지 않는다는 점만 보였다.

그런데 자세히 보니 굉장히 매력적인 젊은이였다. 키가 늘씬했고, 몸도 아주 좋아 보였다. 양복을 입었는데 기가 막히게 잘 어울렸다.

'어쩜. 양복 모델보다 더 잘 어울리는 것 같아.'

정말 귀티가 흐른다는 것이 어떤 말인지 실감이 되었다. 요즘 젊은 사람들이 벤처 기업을 한다더니 그런 사람인가 보다 했다. 잠시 이런저런 이야기를 나누다 주혁은 본론으로 들어갔다.

"매년 1억 원씩 지원해 드리겠습니다."

"예?"

김소민 선수의 어머니는 생각보다 큰 액수에 당황스러웠다. 더욱 놀라운 것은 정말 아무런 조건도 없는 순수한 지원이라는 점이었다. 그래서 오히려 그의 말을 믿기 어려웠다.

나이가 지긋하고 머리가 희끗희끗한 노신사였다면 그러려니 할 수도 있다. 얼마 남지 않은 생 동안 의미 있는 일을 하고 싶어 하는 재력가도 있는 법이니까. 하지만 이런 새파랗게 젊은이와는 어울리지 않는 일이었다.

"그렇게 해주시면 저희야 감사하지만……."

세상에 이유 없는 호의는 없는 법이다. 한 아이의 보호자로서 당연히 의심을 품을 수밖에 없는 일이었다. 주혁은 나이가 많지는 않지만, 사람들이 보는 것보다 많은 경험을 했다. 그런 눈치를 모를 리 없었다.

"제가 따님에게서 받은 것에 비하면 너무나도 적은 돈입니다. 그리고 그 정도 금액은 제가 충분히 감당할 수 있습니다."

"예? 그게 무슨……."

궁금해하는 소민의 어머니에게 주혁은 굉장히 압축해서 이야기를 들려주었다. 대충 요약하면 자신이 굉장히 좋지 않은 상황이었는데 소민이 연습하는 걸 보고 마음을 잡을 수 있었고, 그로 인해서 크게 돈을 벌 수 있었다는 내용이었다.

원래 이야기에서 상당히 바뀌었지만, 완전히 틀린 것은 또 아니었다.

그제야 소민의 어머니는 조금 이해가 된다는 듯 고개를 끄덕였다. 의도한 바는 아니었지만, 소민이 큰 도움을 주었다니 이 사람 입장에서야 그럴 수도 있겠다 싶었다.

게다가 주혁이 원하면 서류를 만들고 변호사에게 공증을

받겠다고 하자 의심을 풀었다.

"죄송해요. 아무래도 소민이와 관련된 일이라서 제가 좀 민감했던 것 같네요."

"아닙니다. 당연히 그러셔야죠."

주혁은 소민이 분명히 세계 무대에서도 큰일을 하리라 믿는다고 이야기했다. 그 아이는 자신이 본 사람 중에서 가장 열심히 사는 사람 중 한 명이었다. 분명히 대성하리라 생각했다.

소민의 어머니는 주혁의 말에 감동을 하였다. 자신이야 딸이 세계에 우뚝 섰으면 하는 바람이 있었다. 하지만 국내에서 그렇게 생각하는 사람은 아무도 없었다. 그런데 다른 사람의 입에서 이런 이야기를 들으니 큰 힘이 되었다.

사실 주니어에서야 통했지만, 성인 무대가 되면 조금은 어렵지 않을까 하는 생각을 하고 있었다. 게다가 비용도 부담스럽던 참이었다.

그런데 이렇게 소민을 믿는 사람이 있었다니. 너무 감격스러웠다. 그가 지원하는 금액보다도 소민을 믿는 그 마음이 더 감사했다.

"저기, 소민이 인사라도 받고 가세요. 소민이도 분명히 인사드리고 싶어 할 거예요."

"아닙니다. 공연히 연습하는 거 방해할 필요 없지요. 꼭 세계 대회에서 우승하라고 전해주세요."

주혁은 소민의 어머니가 원하는 변호사를 지정하면 바로 서류를 작성하고 지원하기로 하고는 자리에서 일어났다.

소민의 어머니는 연습이 끝나기를 기다렸다. 다른 사람도 소민이 연습하는 걸 방해하지 않으려고 하는데, 어머니인 자신이 방해할 수야 없지 않은가.

연습을 마치고 비틀거리며 걸어오는 소민에게 어머니는 스폰서가 생겼다는 소식을 알렸다. 그러자 소민은 눈을 동그랗게 뜨고는 깡총깡총 뛰었다.

"진짜?"

"그래. 네가 꼭 세계를 제패할 수 있을 거라면서 지원하겠다고 하고 가셨어."

"우와, 정말 그렇게 되면 좋겠다. 헤에~"

소민은 자기 때문에 부모님이 얼마나 힘들어하는지 잘 알고 있었기 때문에 그 사람이 누군지 몰라도 매우 고마웠다.

"아주 멋진 젊은 사람이야, 연예인같이."

"정말? 나도 한번 볼래. 인사는 해야지."

잘생긴 사람이라는 말에 소민의 눈이 동그래지더니 만나겠다고 졸라댔다. 소민의 어머니는 그녀의 머리를 쓰다듬어 주었다.

"너 연습하는 거 방해하기 싫다면서 그냥 가셨어. 그리고 네가 세계 대회 우승하면 보자고 그랬어."

"정말? 그러면 올해 겨울에 있는 그랑프리에서 꼭 우승해야겠다."

소민은 작은 주먹을 꼬옥 쥐고는 입을 앙다물었다. 그리고 반드시 겨울에 있는 주니어 그랑프리 파이널에서 우승하리라 마음먹었다. 원래도 우승을 목표로 하고 있었지만, 반드시 우승하겠다는 열망이 더욱 불타올랐다.

소민의 어머니는 순간적으로 우승을 기원한다고 했지, 우승하면 만나겠다고 하지는 않았다는 사실이 떠올랐다. 하지만 소민이 꼭 우승하겠다고 불타오르자 편하게 생각하기로 했다.

'우승하면 한 번쯤 만날 기회가 있겠지, 뭐.'

*　　　*　　　*

드디어 영화 괴물의 촬영장에 가는 날이 되었다. 안형진의 소개가 주요하기도 했지만, 워낙 대규모 인원이 동원된 신이 많아 단역이 많이 필요하기도 했다. 그는 서강대교 근처에 있는 촬영장으로 향했다.

촬영이 시작되려면 시간이 많이 남아서인지 촬영장에는

아직 활기가 돌지 않고 있었다. 주혁은 안형진과 한 번 본 적이 있는 조감독을 찾아갔다.

"안녕하세요."

"아, 주혁 씨. 연습 들어가려면 시간 좀 걸리니까 준비하고 계세요."

주혁이 오늘 찍을 장면은 한강에 괴물이 나오고 사람들이 도망치는 장면이었다. 300명 이상의 엑스트라가 나오는 대규모 몹신이었다. 그가 가장 궁금해한 것은 괴물은 컴퓨터 그래픽인데 사람들이 연기를 어떻게 하느냐는 점이었다.

배우 한두 명이면 그럴 수도 있다. 한두 명이 호흡을 맞추면 되는 일이니, 쉽지는 않겠지만 가능은 하리라 생각되었다.

하지만 300명이 넘는 인원이 움직여야 하는 장면이다. 괴물이 어떻게 움직이는 줄 알고 그 많은 사람이 움직인단 말인가.

궁금증은 곧 풀렸다. 해법은 바로 오토바이였다. 제아무리 동선을 이야기해 준다 하더라도 눈에 보이는 것이 없으면 그 많은 사람이 연기를 제대로 할 수가 없다. 그래서 모터사이클 선수가 직접 동선을 따라 오토바이를 움직였다.

선수의 실력은 대단했다. 울퉁불퉁한 경사면인데도 자유자재로 오르내렸다. 덕분에 사람들은 한결 연기에 집중하기가 쉬웠다. 아무래도 무언가가 시각적으로 뒷받침되니 시선 처리나 움직임이 자연스러웠다.

"다시 가겠습니다."

조감독이 외치자 사람들은 다시 제자리로 돌아갔다. 연습은 생각보다 길어졌다. 워낙 많은 사람이 움직이고, 실제 촬영할 때는 오토바이 없이 할 예정이라 충분한 연습이 된 후에 촬영을 들어가려는 판단에서였다.

그렇게 오전에 시작된 연습은 어느새 반나절을 훌쩍 넘겼다. 사람들도 상당히 집중해서 연습했기 때문에 이제는 동선에 익숙해진 것처럼 보였다.

"괜찮은 친구들이 좀 보이는데?"

감독이 화면을 보면서 중얼거렸다. 워낙 디테일한 부분까지 세심하게 살피는 것으로 유명한 감독이라 아주 작은 부분까지 잘 살피고 잡아냈다. 모니터를 살피던 감독은 이제 촬영에 들어가도 되겠다는 생각을 했는데, 그의 눈에 쏙 들어오는 배우들이 있었다.

모든 단역에게 완벽한 연기를 기대할 수는 없다. 그런 걸 고집했다가는 한 달이 걸려도 찍지 못할 수 있다. 그래서인지 분위기를 잘 살려주는 배우들을 보면 저절로 고개가 끄덕여졌다.

아주 사소한 역으로 나오지만, 그런 배우들이 전체적인 분위기를 만드는 것이다.

"어? 가만."

감독은 괴물에 부딪혀 물에 빠지는 역할 중에서 한 명, 그리고 컨테이너에 있다가 난간에서 뛰어내리는 사람 중에서 한 명의 얼굴을 확인했다.

"이거 봐라?"

화면을 보는 감독의 눈이 빛났다.

봉 감독이 흥미롭게 본 것은 두 장면에 나온 인물이 같은 사람이었지만 전혀 다른 인물처럼 느껴진다는 점이었다.

자세히 보지 않았더라면 같은 사람이라는 사실을 알아채지 못했을 것이다. 그것은 옷을 바꿔 입었기 때문만은 아니었다.

두 상황은 미묘하게 달랐다. 앞은 갑자기 괴물이 나타나서 어리둥절해하는 장면이었고, 뒤는 사람들이 괴물을 인식하고 당황해하는 장면이었다. 그런데 이 이름 모를 배우는 두 상황 모두 푹 녹아들어 있었다. 그래서 전혀 다른 인물처럼 보였다.

봉 감독은 새삼 배우들이 참 대단하다는 생각을 했다. 실제 괴물이 없는데도 저런 표정과 몸짓을 할 수 있다는 게 어디 쉬운 일일까. 감독은 실제 촬영에도 이렇게만 해주면 좋겠다는 생각이 들었다.

스태프들이 분주하게 촬영 준비를 하는 동안, 주혁은 물에 젖은 몸을 말리고 있었다. 한강에 빠지는 역을 해서 몸 전체가 물에 젖어 있었다. 하지만 한여름의 열기는 그의 몸에 있는 물기를 오래 지나지 않아 모두 말려주었다.

오전에 연습했을 때에도 얼마 지나지 않아서 바싹 말랐는데, 이제는 한낮의 열기가 절정에 달할 때였으니 더 금방 마를 터였다. 그렇게 옷이 마르고 조금 후, 드디어 실제 촬영이 시작되었다.

주혁은 살짝 긴장됨을 느꼈다. 아무래도 연습이 아닌 실제 촬영이니 느낌이 달랐다. 그는 새 옷을 입을 때 차가운 천이 살결에 닿는 것 같은 이 긴장감을 온몸으로 즐겼다.

어떤 일을 하더라도 적당한 긴장은 도움이 된다. 지나치게 긴장을 하게 되면 몸이 굳고, 긴장이 너무 풀어지면 실수를 하게 된다.

적당한 긴장이 가장 좋은 상태라고 주혁은 심호흡을 하면서 되뇌었다. 심장의 두근거림이 아주 약간 빨라졌고, 집중력이 높아졌다.

배우들은 한강 주변의 정해진 자리에 자리를 잡고 있었고, 스태프도 모든 촬영 준비가 끝났다. 조감독이 크게 말을 했다.

"슛 들어갑니다!"

봉 감독이 메가폰을 잡고 외쳤다.

"레디!"

감독의 외치자 연출부 막내가 슬레이트를 들고 나와 카메라 앞에 댔다. 감독은 음향 감독을 향해 시선을 돌렸다.

"사운드."

"스피드."

감독이 조금 웅얼거리듯 말해서 잘 들리지 않았다. 하지만 습관처럼 하는 작업이라 음향 감독은 반사적으로 준비되었다는 신호를 보냈다. 이번에는 촬영 감독을 향해 소리쳤다.

"카메라."

"롤."

촬영 감독 역시 카메라에 시선을 고정한 채 준비되었다는 신호를 했다. 카메라 앞에 서 있던 연출부 막내가 슬레이트를 치면서 큰 소리로 외치고 밖으로 빠졌다.

"12에 1의 1."

봉 감독은 메가폰에 대고 소리를 쳤다.

"액션!"

감독의 외침과 동시에 촬영이 진행되었다. 주혁은 괴물이 뒤에서 뛰어오는데 모른 채 걷고 있다가 충돌해서 강으로 떨어지는 역이었다. 몇 차례 연습해서 타이밍은 잘 알고 있었다. 뒤에 있던 사람이 물에 빠지는 소리가 들렸다.

주혁은 아무것도 없었지만, 마치 커다란 무언가에 부딪힌 듯 허우적거리면서 강에 떨어졌다. 그는 떨어지면서도 기분이 좋았다. 연습하면서 위치가 바뀌었다는 사실이 생각나서였다.

원래는 더 뒤쪽이었는데, 감독이 좋게 보았는지 가장 카메라에 가까운 위치로 바뀌었다. 그래 봐야 얼굴도 확인하기 어려울 정도로 먼 거리이기는 했지만 왠지 자신의 연기가 인정받은 듯해서 좋았다.

봉 감독의 입가에 살짝 미소가 지어졌다. 역시나 그 배우는 자신이 기대한 바를 충실하게 수행해 주고 있었다. 어떤 배우는 맥없이 물에 뛰어들어서 전혀 느낌이 살지 않았는데, 눈여겨본 배우는 기가 막히게 느낌을 살렸다.

놀러 나온 듯 여유롭게 터벅터벅 걷고 있다가 무언가와 부딪힌 듯 연기를 하면서 물에 빠졌다. 그전까지는 배우들의 연기가 조금 어색해서 장면이 이상했는데, 그 배우가 연기하고 나니 분위기가 확 살았다.

"컷, 컷."

비록 오케이가 떨어지지는 않았지만, 봉 감독은 생각보다 그림이 잘 나오고 있다는 생각을 했다. 많은 배우가 일사불란하게 움직여야 해서 걱정을 많이 한 신이었는데, 이런 기세라면 몇 번 안에 오케이가 날 듯했다.

중간 중간 영화의 분위기를 잘 살려주는 배우들이 있어서 더욱 기분이 좋았다. 봉 감독은 조감독에게서 들은 말이 생각났다.

'안형진 선생님이 추천한 사람이라고 했지? 이름이 수혁이었던가, 주혁이었던가?'

배우도 여러 부류가 있다. 청탁을 많이 하는 사람도 있고, 일절 하지 않는 사람도 있다. 안형진은 청탁을 잘 하지 않는 쪽이었다. 누군가가 도움을 청하면 잘 들어주는 사람이었지만, 정작 자신은 부탁하는 경우가 거의 없었다.

연기에 대한 열정이나 실력이야 말할 것도 없고, 성격이 그러하니 사람들이 무척 따르고 좋아하는 배우가 바로 안형진이었다. 그래서 그가 추천한 사람이라는 말을 들었을 때 눈여겨봐야겠다는 생각을 했었다.

그런 사람이 부탁할 때는 정말 괜찮은 배우일 확률이 높았다. 그리고 대사를 치는 걸 보지는 못했지만, 지금까지로는 제법 내공이 있는 배우였다. 상황에 맞는 연기를 보여주고 있었다.

비록 이 작품에서는 비중 있는 역할을 맡지는 못하겠지만 계속 눈여겨볼 생각이었다. 재능 있는 배우를 찾는 일은 감독들이 가장 좋아하는 일 중 하나였다.

'혹시 모르지, 갑자기 누가 다치기라도 한다면 대역으로 촬영할 수 있을지도.'

*   *   *

"아야야야~"

"왜요, 어디 다친 겁니까?"

주혁이 물에서 올라오는데 엑스트라 한 명이 어깨를 부여잡은 채 신음을 내고 있었다. 그는 재빨리 다가가서 상태를 살폈다. 보아하니 경사에서 잘못 구른 듯했다.

상태를 살피던 주혁은 고개를 갸웃거렸다. 연습하면서 이 위치에서 보지 못한 얼굴이었기 때문이다. 배우들은 정해진 동선을 따라서 움직이니 정상적인 상황이라면 자신이 얼굴을 못 봤을 리가 없다.

"연습할 때 못 뵌 분 같은데⋯⋯."

"아, 제가 원래 구르는 역이 아닌데 발을 잘못 디뎌서요."

상대는 얼굴을 찡그리면서 대답했다. 주혁은 고개를 끄덕이면서 어깨를 살폈다. 증상을 보니 어깨 탈구였다. 주혁은 참으라고 말하면서 빠진 어깨를 맞추기 시작했다. 무언가 이상이 있는 듯하자 사람들이 하나둘 모여들었다.

사실 전문가가 아닌 사람이 빠진 어깨에 손을 대는 것은 굉장히 위험한 일이다. 잘못하면 신경이 손상될 수 있고 습관성 어깨 탈구로 발전할 수도 있다. 하지만 주혁은 주저함 없이 어깨를 집어넣었다.

지겹도록 해본 일이었기 때문이다. 태권도를 배우면서, 병원에서, 접골원에서도 배웠다. 어딘가를 다치면 간단한 응급처치 정도는 할 줄 알아야겠다는 생각에 준비했던 것이다.

'3,700일 정도 되었을 때였던가?'

그 정도 되는 시기에 부상을 당한 적이 있었는데, 그때 결심했다. 그래서 지금 어지간한 응급 처치는 의사 못지않게 할 수 있게 되었다. 하지만 그런 사실을 모르는 사람들에게는 주혁의 행동이 위험하게 보였다.

"이봐, 잘 모르는 사람이 그렇게 손을 대면 위험해."

어떤 사람이 왜 그런 위험한 짓을 하느냐며 다그쳤다. 그 말을 듣자 다친 사람의 안색이 조금 변했다. 생각해 보니 의사도 아닌 사람이 이래도 되는 건가 싶었다.

주혁은 가볍게 웃으면서 다친 사람에게 이야기했다.

"Shoulder Dislocation인데 제대로 집어넣었으니 걱정하지 않으셔도 됩니다. 팔이 저리거나 이상한 느낌이 있나요?"

"예?"

주혁은 일부러 어깨 탈구라고 하지 않고 영어로 이야기했다. 사람들은 이상하게 영어를 사용하면 전문가라고 생각하는 경향이 있다.

단적인 예가 바로 지금이다. 다친 사람과 주변 사람들의 눈초리가 달라졌다.

다친 사람은 잠시 움직여 보더니 대답했다.

"이상한 건 없는 것 같은데요."

"Axillary Nerve(겨드랑이 신경)는 이상이 없는 것 같군요. 그래도 혹시 모르니 일단 병원에 가세요."

하지만 그 사람은 고개를 저으며 계속 촬영을 하겠다고 했다. 주혁은 이 사람이 지금 가면 일당을 받을 수 없기에 이런다는 사실을 알고 있었다. 그래서 더는 만류하지 못했다.

주혁은 사람들에게 얼음주머니를 가져다 달라고 부탁했다. 얼음찜질을 계속하면 조금은 나을 테니까. 그는 응급 처치가 되긴 했지만, 무리하면 큰일 나니 조심하라고 신신당부했다.

그리고 끝나고 바로 병원으로 가도록 만들기 위해 일부러 전문 용어를 섞어가며 잔뜩 겁을 주었다. 그런데 그것이 다른 사람들에게 오해를 불러일으켰다. 가까이 다가온 사람들은 주혁에게 이런저런 질문을 했다.

허리가 아픈데 한번 봐달라고도 하고, 예전에 다친 무릎을 보여주는 사람도 있었다. 주혁은 웃으면서 의사가 아니라고 손사래를 쳤지만, 사람들은 우리보다야 잘 아는 것 같으니 봐 달라고 했다.

　주혁은 어쩔 수 없이 사람들에게 붙잡혀 상당한 시간을 보내야 했다. 물론 일반인보다야 아는 것이 많았다. 일부러 병원에서 일한 적도 상당 기간 있었으니까. 다른 케이스를 경험하려고 여러 병원을 돌아다녔던 기억이 새록새록 떠올랐다.

　그는 아는 부분은 조언을 해주었다. 사실은 그리 대단할 것도 없는 말이었지만, 사람들은 그렇게 받아들이지 않았다.

　"제가 이 분야에 대해서는 전혀 몰라서요."

　대신 모르는 부분은 확실하게 모른다고 했다. 그래도 사람들은 무척이나 고마워했다. 주혁을 의사가 되려다가 사연이 있어서 단역 배우를 하는 사람쯤으로 생각하는 듯했다.

　"자, 나중에 쉴 때 다시 하시지요. 곧 촬영 들어갈 것 같네요."

　아쉬워했지만, 촬영이 먼저라는 걸 모르는 사람은 없었다. 모두 제자리로 이동했다. 그리고 서너 번의 시도를 하고 나서야 감독의 오케이 사인이 떨어졌다.

　다음 날, 사람들은 여전히 주혁만 보면 이런저런 질문을 했다. 이제는 가족이나 친구의 병에 관해서도 물어보았다. 주혁은 조금 귀찮기는 했지만 자신이 아는 범위 내에서 친절하게 답변해 주었다.

그러다 보니 촬영장에 있는 사람들이 주혁을 닥터 강이라고 부르기 시작했다. 누가 먼저 시작했는지는 모르겠지만 그렇게 부르는 사람들이 많아졌다. 제발 그렇게 부르지 말아달라고 했지만, 사람들은 개의치 않았다.

나중에는 주혁도 포기했다.

어차피 자신은 의사가 아니라고 충분히 이야기했고, 사람들도 그가 의사가 아니라는 사실은 잘 알고 있었다. 그냥 호의로 부르는 별명 같은 거였다.

주혁은 앞으로 어떻게 살 것인지 고민을 한 적이 있었다. 그때 내린 결론은 두 가지였다. 한 가지는 누구의 눈치도 보지 않고 자신이 하고 싶은 것을 하면서 살아가겠다는 것, 그리고 다른 한 가지는 배우가 되는 것이었다.

그가 목표로 하는 것은 그저 연기를 잘하는, 아니면 인기가 있는 배우가 아니었다.

'모두에게 사랑받는 배우가 되자.'

주혁은 모두에게 사랑받는 배우가 되기 위해서 노력하기로 결심했다. 물론 어렵고 힘든 길이라는 것을 잘 알고 있었다. 하지만 기왕 할 바에는 고단한 가시밭길을 가보는 것도 남자다운 일 아니겠는가.

그래서 항상 성실하게 노력하고, 주변 사람들을 챙기면서 살아가기로 했다. 대략 5년 이상 그렇게 살았던 것 같았다. 연기 수업을 한다고 돌아다니면서 그런 마음가짐으로 산 게 대략 그 정도 되었다.

이제는 그런 생활이 몸에 배었다. 종종 짜증이 나는 경우도 있었지만, 자신의 행운을 생각하면서 마음을 잡았다. 그렇다고 호구가 될 생각은 전혀 없었다. 자신의 친절을 이용하려는 자가 있다면 절대로 가만두지 않을 것이다.

주혁은 감독이 외치는 액션이라는 소리에 정신을 차렸다. 그는 단역 배우들과 옹기종이 모여 앉아서 배우들의 연기를 구경했다.

오늘은 촬영이 조금 늦은 시간에 있을 예정이었지만, 배우들의 연기를 관찰하기 위해서 일찌감치 촬영장에 왔다. 그리고 자신과 비슷한 생각을 가지고 있는 젊은 배우들과 같이 어울렸다.

배우들이 연기를 시작하자 주혁은 그 광경을 부러운 눈초리로 지켜보았다. 자신도 저곳에서 대사하면서 연기를 하고 싶었다.

어떤 배우인들 대사 한마디도 없이 이리저리 움직이는 엑스트라만 하고 싶겠는가. 하지만 이 작품을 하는 동안에는 기회가 없다는 것도 잘 알고 있었다. 이미 배역은 모두 정해져 있었으니까.

'급할 거 없어. 기회는 반드시 온다. 차근차근 올라가면 되는 거야.'

그는 그런 생각을 하면서 배우들이 내뿜는 연기의 열정을 날카로운 눈으로 관찰했다.

보다 보니 자신의 연기를 사람에게 보여주고 싶었다. 자신이 얼마나 변했는지 세상에 알리고 싶었다. 전과는 달라졌음을 인정받고 싶었다. 세상 모든 사람들에게, 그리고 다른 곳에 있는 가족들에게 보여주고 싶었다.

하지만 조급하게 생각하지는 않기로 했다. 이미 극한의 인내를 경험했던 자신이었다. 이 정도 참고 기다리는 것쯤은 일도 아니었다. 그래서인지 나이보다 생각도 깊고, 참을성도 많다는 이야기를 자주 들었다.

"어? 스태프가 몇 명 보이는데?"

어떤 사람의 말에 촬영장을 보니 몇 명이 아니라 주연 배우를 제외한 엑스트라들이 대부분 스태프였다. 분장팀, 제작부, 미술팀 사람들도 보였고, 소품팀과 연출부 사람도 있었다.

독립 영화를 찍을 때만큼은 아니었지만, 시간이 날 때마다 스태프의 일을 도와주었다.

처음에는 이상하게 보던 사람들도 나중에는 친해져서 무척 고마워했다. 먼저 다가와서 음료수를 건네는 여자 스태프도 있었다.

그래서 주혁은 어떤 사람이 스태프이고, 어떤 사람이 엑스트라인지 구분할 수 있었다. 그 스태프가 어디 소속인지까지 알 수 있었다.

"아까 풀밭에 앉아서 얘기하는 거 아주 자연스럽던데요?"

주혁은 지나가는 소품팀 여자 스태프에게 이야기했다. 그녀는 무척 쑥스러워하면서도 기뻐하는 눈치였다. 말로는 대충 한 거라고 했지만, 칭찬을 받자 눈빛이 반짝거렸다.

그리고 지나가던 연출부 사람에게 아까 오리 배를 타느라 힘들었겠다고 농담을 던지기도 했다. 자신이 연기한 부분을 알아본 주혁에게 사람들은 당연히 호감을 느꼈다.

그리고 그런 것을 유심히 지켜보는 사람이 있었다.

"저 친구 어때요?"

봉 감독은 촬영 감독에게 물었다.

"안 그래도 얘기하려고 했는데, 저 친구 따로 카메라 테스트 한번 해보자."

촬영 감독은 뜻밖의 말을 했다. 그 역시 처음부터 주혁에게 신경을 쓴 것은 아니었다. 촬영하기도 바쁘니 주혁 같은 엑스트라에게 신경을 쓸 틈이 없었다.

그런데 스태프 사이에서 엑스트라 중에 정말 괜찮은 사람이 있다는 이야기가 돌았다. 그리고 그 괜찮다는 사람들 보았을 때, 촬영 감독 김형구는 숨이 멎는 것 같은 느낌을 받았다.

스크린을 위해서 태어난 인간이라는 감이 팍팍 왔다. 그냥 보기에도 상당한 비주얼이었지만, 화면에서 더 빛날 수 있다는 생각이 들었다.

화면에 나오는 모습은 실제와는 다르게 약간 퍼져 보인다. 그래서 영화나 드라마에서 아주 뚱뚱한 사람을 실제로 보면 '어? 생각보다는 뚱뚱하지 않네?' 라고 말하게 되는 것이다.

그래서 이 계통에서는 다소 마른 체형을 좋아했다. 그런 체형이 실제로 영화나 드라마에서 보면 멋진 비율의 몸으로 보이니까. 그리고 얼굴도 좀 작아야 한다.

그런데 바로 그런 사람이 시야에 포착된 것이다. 촬영 때문에 기회를 잡지 못하고 있었지만, 저 녀석은 놓칠 수 없다고 생각하고 있었다.

그 이후로 일을 하면서도 계속해서 그 녀석에게로 시선이 갔다. 그런데 보면 볼수록 사람이 진국이었다. 그가 볼 때마다 연습하고 있거나, 스태프 일을 도와주고 있었다. 스태프들이 왜 그 녀석 칭찬을 하는지 알 수 있었다.

그리고 연기를 할 때도 유심히 살폈다. 그런데 이 녀석이 아주 제법이었다. 나이를 알아보니 스물일곱밖에 되지 않았다. 그런데도 이 바닥에서 10년 이상 굴러먹은 것 같은 분위기가 보였다.

"내가 보기에 저놈은 연기하려고 태어난 놈 같아."

봉 감독은 의아한 얼굴로 김형구 촬영 감독을 쳐다보았다. 자신이야 우연히 관심을 가지고 지켜보고 있었지만, 촬영 감독도 그런 줄을 몰랐기 때문이었다. 촬영 감독은 자신을 물끄러미 바라보고 있는 봉 감독을 이상하다는 표정으로 마주 보았다.

"왜? 저 녀석 촬영장에서 최고 인기인 아냐. 스태프들이 하도 저 녀석 이야기를 하길래 좀 지켜봤지."

"아, 그랬군요. 저 친구 참 괜찮은 것 같아요. 다른 것보다 상황에 녹아드는 재능이 보여요. 비주얼도 저만하면 좋고. 대사까지 잘 치면 배우로 가능성이 있겠어요."

봉 감독의 말에 김형구 촬영 감독은 피식 웃었다. 카메라에 비친 모습만 보면서 살아온 자신이다.

자신이 확신하는데, 저 녀석은 봉 감독이 이야기한 괜찮다는 말이나 저만하면 좋다는 말 정도로 표현하면 안 되는 놈이었다.

"그 이상이지. 그런 단어로 표현하기에는 아까운 놈이야. 정말 연기력만 받쳐준다면 크게 될 놈이야. 게다가 성실하고."

"변하지만 않는다면 말이죠."

어쩐 일인지 둘은 주혁이 잘 성장할 것 같다는 느낌을 받았다. 그리고 그리 쉽게 변하지 않을 것 같다는 느낌도 들었다. 이유를 설명할 수는 없었지만, 감이 그랬다.

"슬슬 가야겠는데? 준비가 거의 된 것 같아."

촬영 감독의 말에 봉 감독은 고개를 돌렸다.

그의 말대로 준비가 거의 된 듯했다. 둘은 나란히 자기 자리로 걸어갔다. 그리고 그들의 시선에는 전화를 받고 있는 주혁이 보였다.

"예, 큰아버지."

큰아버지의 전화를 받은 주혁은 무슨 일이라도 있나 싶었다. 하지만 별다른 일은 아니었고, 추석 때 오라는 연락이었다.

주혁은 친척들에게 너무 무심했구나 하는 생각이 들었다. 특히 큰아버지나 외삼촌, 이종사촌 형에게는 미안한 감정이 들었다.

"예, 잘 지내요. 살도 빼서 아마 못 알아보실 걸요?"

─그래? 다행이구나. 예전에는 정말 어디 가서 빠지지 않는 인물이었는데…….

"그때보다 더 좋아졌어요. 아마 깜짝 놀라실 거예요."

─그러냐? 요즘은 뭐 하고 지내니?

주혁은 코끝이 찡해졌다. 큰아버지의 목소리에 자신을 걱정하고 있다는 감정이 절절히 묻어 있었기 때문이다.

"다시 영화 쪽 일 하고 있어요. 지금도 촬영장이에요."

─혹시 생활비 모자라면 얘기해라.

"저 먹고살 만큼은 벌어요. 용돈은 제가 큰아버지께 드려야죠."

─허허. 인석아, 말만이라도 고맙구나.

주혁은 큰아버지에게 얼마라도 드려야 하지 않을까 하는 생각을 했다가 이내 고개를 흔들었다. 큰아버지만 본다면 얼마든지 드리고 싶었지만, 나머지 사람들이 문제였다.

'당연히 백모님이 소문을 퍼트릴 테고, 그럼 막내 숙부하고 숙모가 달려들 테지.'

주혁은 자신의 돈이 떨어지자 돌변한 큰 숙모 때문에라도 그냥 돈을 주기는 싫었다. 큰아버지를 도와드리기는 하겠지만, 그냥 돈을 드리진 않을 것이다.

그리고 돈을 빌려갈 때는 그렇게 살갑게 굴더니 뒤로는 욕하면서 다닌 막내 숙부와 숙모.

'당신들은 내가 어른 대접은 해주겠지만, 그 이상은 바라지 마쇼.'

둘만 생각하면 진저리가 쳐졌다. 게다가 빌려간 돈은 갚을 생각도 하지 않고 있었다. 주혁의 생각에 처음부터 갚을 생각도 없었던 듯했다.

—이번 추석에는 들를 거지?

생각해 보니 추석이 얼마 남지 않았다. 9월 18일이 추석이었으니 대충 보름 정도 남았다.

"당연히 가야죠. 오랜만에 뵙겠네요."

—그래, 잘 생각했다. 네 상황 모르는 건 아니지만, 그래도 명절에는 꼭 오렴.

주혁은 최근 2년 동안 친척과 왕래를 하지 않았다. 어디 가고 싶지 않아서 가지 않았겠는가. 형편이 좋지 않았고, 보기 싫은 사람도 있어서 그랬다. 하지만 이제는 다르다. 당당하게 사람들과 마주할 자신이 있었으니까.

주혁은 통화를 마치고 촬영장 쪽으로 걸어갔다. 촬영장에서는 지금 사람들이 들어가 있는 컨테이너에 괴물이 들어간 장면을 찍고 있었다.

컨테이너 밑에 장치를 해서 마치 커다란 괴물이 그 안에서 몸부림치는 것처럼 컨테이너가 흔들리고 있었다.

조금 열린 문틈으로 사람들이 손을 내밀어 구조를 요청하고 있었고, 그 모습을 본 주인공 중 한 명인 박강두와 외국인 한 명이 문을 열기 위해 움직였다.

주혁은 조금 후에 자신이 나올 장면을 생각하면서 터벅터벅 걸어갔다.

"닥터 강, 닥터 강! 빨리."

갑자기 그를 부르는 다급한 목소리가 들렸다. 고개를 들어 보니 박강두 역을 맡은 배우가 쓰러져 있었고, 사람들이 그 주변으로 몰려가고 있었다. 그리고 그에게 손짓하면서 빨리 오라고 소리쳤다.

주혁은 사고가 났음을 직감하고 재빨리 달려갔다. 그가 도착하니 박강두 역을 맡은 배우 손강호의 다리에 큰 상처가 있었다. 왼쪽 장딴지 쪽이었는데, 생각보다 상처가 깊었다. 문의 날카로운 면에 베인 듯했다.

"성근 씨, 구급상자. 빨리요!"

사람들이 당황해서 우왕좌왕하고 있었다. 이럴 때 그냥 무언가를 시키면 제대로 처리가 되지 않는다.

그는 사람들의 이름을 하나씩 호명하면서 할 일을 지정해 주었다. 그러자 어수선했던 상황이 순식간에 정리되었다.

특별한 경우가 아닌 이상 촬영장에 의료진이 대기하고 있지는 않는다. 구급차를 부르기는 했지만, 도착하려면 몇십 분은 걸릴 터. 그나마 다행인 점은 구급상자에 물품들이 잘 갖추어져 있다는 사실이었다.

그는 재빨리 응급처치를 했다. 워낙 능숙한 손놀림이다 보니 금방 마무리가 되었다. 손강호는 부상을 당했지만, 아무렇지도 않다는 표정이었다. 오히려 주혁의 응급 처치가 신기하다는 듯 구경하고 있었다.

"이거 의사 양반 같은데? 닥터라고 부르던데 진짜 의사?"

"아니요. 그냥 응급처치 하는 것만 잠깐 배웠습니다."

잠깐이기는 하다. 딱 하루 동안 배운 것이니까. 그 하루가 여러 번이라서 그렇지, 하루는 하루다.

이야기하는 동안 응급 처치가 모두 끝났다. 붕대 뒤처리를 끝으로 주혁은 자리에서 일어났다.

"급한 불만 끈 거니까 빨리 병원에 가보세요. 큰 문제는 없겠지만 흉터는 남겠네요."

"남자가 흉터 몇 개 있는 것도 나쁘지 않지. 안 그래?"

손강호는 여전히 밝은 표정으로 주변 사람들에게 농담을 했다. 덕분에 큰 사고에 바짝 얼어붙었던 분위기가 조금씩 풀렸다. 손강호는 주혁에게 다가오더니 어깨에 손을 얹으면서 말했다.

"이 친구랑 같이 촬영하면 든든하겠는데? 괴물 처음 나올 때 제일 마지막에 강에 빠진 친구지?"

손강호가 자신이 나왔던 부분을 정확하게 이야기하자 주혁은 깜짝 놀랐다.

손강호 역시 그 장면에서 주혁이 눈에 들어왔다. 연습할 때도 그랬고, 실제 촬영을 하는 동안에도 워낙 자연스러워서

'저 친구 제법 하는데?' 라고 생각하고 있었다.

손강호는 자리에 앉아서 주혁과 이야기를 나누었다. 어차피 앰뷸런스를 불러서 차가 올 때까지 잠시 기다려야 했다. 손강호는 무척 유쾌한 사람이었다.

"안 선생님이? 그 양반이 소개할 정도면 보통내기가 아니라는 건데……."

조감독이 이야기에 끼어들었다. 그가 안형진이 소개했다는 말을 하자 손강호가 놀란 표정이었다.

안형진이 어떤 성격인지 잘 아는지라 주혁을 다시 보게 되었다. 막 무언가 질문을 하려는데 구급차 소리가 들렸다.

강호가 구급차에 타는 사이 주혁은 구급대원과 대화를 나누었다. 둘이서 전문 용어를 섞어가면서 쑥덕거렸는데, 강호와 다른 사람들이 듣기에는 외계어였다.

"조감독, 저 녀석 의대 다녔었나?"

"글쎄요? 그런 얘기는 못 들었는데요."

사실 구급차가 올 정도의 사고는 아니었지만, 깊은 상처에 너무 놀라서 무작정 부른 것이었다.

기왕 구급차가 도착했으니 병원에 가서 치료를 받기로 했다. 그래도 10여 바늘 이상 꿰매야 했으니 작은 상처는 아니었다.

사고로 벌어졌던 잠깐의 소동은 그렇게 마무리가 되었다.

잠시 시간이 지나자 촬영장은 다시 활력을 되찾았다.

주혁은 최고의 배우라고 할 수 있는 손강호와 대화를 나누고 나니 비중 있는 역할에 대한 열망이 더욱 강해졌다. 자신도 저 배우처럼 빛나는 스타가 되고 싶었다.

그는 촬영장을 응시했다. 수많은 사람이 각자 역할을 하면서 움직이고 있었다. 주혁은 묵묵히 일하는 많은 사람의 역할을 깎아내릴 생각은 추호도 없다. 하지만 그런 역할보다는 빛나는 주연이 되고 싶었다.

마침 촬영장에서는 괴물이 물에 들어가는 장면을 촬영하고 있었다.

괴물은 나중에 컴퓨터 그래픽으로 넣는다고 해도 강에 물이 튀는 것은 찍어야 했다. 그것까지 그래픽으로 처리하면 비용이 너무 많이 들기 때문이다.

그래서 커다란 드럼통을 물에 떨어뜨렸다. 커다란 소리가 나면서 물이 사방으로 튀었다. 그리고 주혁의 마음에도 마찬가지로 커다란 울림이 퍼졌다.

'이제 시작이다. 반드시 스포트라이트를 받는 자리에 서고야 말겠어.'

주혁은 다른 사람보다 늦은 만큼 자신만의 장점이 있어야 한다고 판단했다. 그래서 연기와 관련된 많은 경험을 쌓았다.

그리고 연희대학교 학생이라는 이력도 그런 장점 중 하나
가 되리라 생각했다.

 같은 연기자라도 최고 사립 명문대의 학생이라면 사람들
의 관심을 끌 수 있을 테니까.

 집에 돌아온 주혁은 차분하게 책상에 앉아 요점을 정리해
놓은 노트를 집어 들었다. 그날은 어느 때보다 정리된 내용이
머릿속에 잘 들어왔다.

CHAPTER **04**
추석, 그리고 수능

서강대교 밑에서의 촬영이 마무리되었다. 대충 보름 정도
의 촬영이었는데, 주혁이 찍을 부분은 일단 마무리되었다. 조
금 더 비중 있는 역을 해보지 않겠느냐는 말도 있었지만 거절
했다.

　그런 역은 이미 배우가 정해져 있는 상태였다. 자신이 그
역을 하게 되면 원래 역을 맡았던 사람은 어떻게 되겠는가.
예전에 그런 식으로 역을 빼앗긴 경험이 있는 주혁은 당시 기
분을 생각하니 도저히 받아들일 수가 없었다.

　그는 여기 있는 사람들과 이렇게 인연을 맺은 것만 해도 충

분하다고 생각했다. 본격적인 활동은 대학교에 들어가고 나서 해도 늦지 않다는 판단이었다. 물론 사람들은 그런 주혁을 보고 더욱 호감을 느꼈다.

주혁이 상자의 능력을 사용하면서 얻은 것은 경험만이 아니었다. 그보다 더 중요한 것은 자신감과 인내심이었다. 무엇이든 할 수 있다는 자신감, 그리고 참고 기다릴 줄 아는 인내심이야말로 가장 큰 무기일 터였다.

사람들은 그에게 놀러 오라고 이야기했고, 그럴 만한 자리에 있는 몇 명은 자리가 생기면 부르겠다는 말도 했다. 개중에는 빈말인 경우도 있겠지만, 분명히 자신에게 도움이 되는 경우도 있을 터. 그래서 뿌듯한 기분이 들었다.

그렇게 사람들과 헤어진 주혁은 수능 마무리 작업에 돌입했다. 이미 준비할 것이 없을 정도였지만, 최선을 다해서 준비할 작정이었다. 점수가 잘 나오고 있는데, 실수라도 해서 아까운 동전을 사용하게 된다면 낭패였으니까.

그런데 추석이 가까워져서 본격적인 준비는 그 뒤로 미루어야 했다. 3년 만에 가는 큰집이었다. 그래도 명절인데 빈손으로 갈 수는 없는 일이다.

그래서 뭘 살까 하다가 과일을 선택했다. 택배로 보냈다가는 언제 도착할지 알 수 없어서 특별히 신경 써서 배달시켰다. 차례상에 올리고 식사 후 디저트로 먹기에도 좋을 큼지막

한 사과와 배가 섞여 있는 놈으로 보냈다.

막상 가려니 영 내키지 않았지만 아예 외면하고 살 수도 없는 일이었다.

"그래, 어서 와라. 몸이 전보다 더 좋아졌구나."

아침 일찍 도착한 주혁을 가장 반갑게 맞이하는 사람은 역시나 큰아버지였다. 넉넉한 인상에 푸근한 웃음까지 지으면서 주혁을 안아주었다. 선물을 보내서인지 백모의 표정도 그리 나쁘지 않았다.

하지만 막내 숙부와 숙모는 영 탐탁지 않다는 표정이었다. 아무래도 돈 문제가 걸려 있으니 그럴 터였다. 주혁은 상관하지 않고 밝은 표정으로 인사를 했다. 어차피 연기하는 셈 치자는 심정으로 왔으니 오늘만큼은 화목한 가족의 구성원이 되기로 했다.

차례를 지내고 자리에 앉아 이런저런 이야기를 나누었는데, 주혁에게 질문이 집중되었다. 오랜만에 왔으니 그럴 법도 했고, 또래 사촌들이 전부 외국에 있거나 지방에 일이 있어서 참석하지 못한 탓도 있었다.

"우리 막내는 무슨 일이 그렇게 많은지 추석에도 회사에서 놔주지를 않는대요, 글쎄."

막내 숙모의 말에 주혁은 피식 웃었다.

'일은 개뿔. 또 친구들하고 외국에 놀러 갔겠지.'

어릴 때부터 보아온 녀석을 모를 리가 있겠는가. 대학생이
된 이후로 추석 때만 되면 사람들하고 놀러 다니기 바쁜 놈이
었다. 하지만 주혁은 웃으면서 맞장구를 쳐주었다.

"바쁜 게 좋죠. 그만큼 회사에서 인정받는다는 거잖아요."

"그럼, 그럼. 우리 애야 어디 가서도 잘하지. 그렇지 않우?"

"크흠, 그렇지. 그런데 주혁이는 다시 영화 엑스트라를 한
다고?"

막내 숙모의 말이 겸연쩍었는지 막내 숙부 강규정은 헛기
침을 했다. 그리고 주혁에게로 화제를 돌렸다.

"예. 얼마 전까지도 촬영했습니다. '괴물'이라고, 굉장히
기대되는 영화예요."

"괴물? 영화 제목이 그래 가지고 사람들이 보기나 하겠냐?
넌 거기서 뭐 하는데?"

주혁은 순간 기분이 상했지만, 영화에 대해서 잘 모르는 규
정에게 말해봤자 쇠귀에 경 읽기일 터. 그냥 웃으면서 넘어갔
다.

"저야 아직은 엑스트라죠. 그래도 인정받고 있으니 차차
비중 있는 역도 들어올 거예요."

"그거 해서 밥벌이나 하겠냐. 너도 이제 정신 차리고 기술
이라도 배워서 일할 생각을 해. 젊은 녀석이 빈둥거리면서 지
내지 말고."

순간 주혁의 눈매가 날카로워졌다.

'빌려간 일억 오천만 원이나 빨리 갚을 것이지.'

하지만 갚을 능력이 없었다. 주식을 하다가, 그리고 사업한다고 했다가 홀라당 날려먹은 지 오래되었으니까. 그리고 갚을 생각도 없어 보였다. 그런 생각이 조금이라도 있었다면, 미안한 마음에라도 자신에게 이런 말을 하지는 못했을 테니까.

주혁은 그러려니 했다. 한두 번 겪은 상황도 아니었고, 원래 그런 사람이라는 걸 알고 있었기에 그랬다.

"안 그래도 대학은 나와야 할 것 같아서 이번에 수능 보려고요."

"그래? 잘 생각했다. 요즘 대학교는 나와야지. 지방에 있는 전문대학교가 오히려 취업이 잘 된다고 하더라."

차례를 지내고 음복을 해서인지 막내 숙부 규정의 얼굴이 조금 붉었다. 술을 마셔서인지 말도 평소보다 막하고 있었다. 주혁이 4년제 대학교에 들어간다는 건 아예 생각도 하지 않는 듯했다.

"어허, 무슨 말을 그렇게⋯⋯."

"연희대학교에 가려구요. 모의고사를 봤는데, 점수가 되더라구요."

백부 강규민이 규정을 나무라려고 하는데, 주혁의 이야기에 말이 끊어졌다. 방 안에 있는 사람들 모두 잠시 말을 잃었다. 그들이 알고 있는 주혁은 연희대학교에 갈 실력이 아니었기 때문이다.

고3 때 인 서울도 아슬아슬한 정도였다. 그런데 주혁이 고3이었을 때가 벌써 몇 년 전이던가. 그러니 지방대나 전문대에 갈 거로 생각하는 게 무리는 아니었다. 그런데 갑자기 연희대학교라니.

"얘가 취했나? 이름 비슷한 다른 대학하고 착각한 거 아냐?"

"맞아요. 연희대학교라니, 거기 가기가 얼마나 어려운데."

막내 숙부와 숙모가 무슨 허풍을 그렇게 치느냐며 웃었다. 백부 강규민은 반색을 하며 기쁜 표정이었고, 백모는 의심스러운 눈초리로 주혁을 바라보고 있었다.

'이게 현실이구나.'

주혁은 이 상황이 모든 것을 단적으로 보여준다는 생각이 들었다. 자신을 믿고 챙겨주는 큰아버지, 주혁을 별 볼 일 없다고 생각하는 백모, 무시하고 깔보는 막내 숙부와 숙모. 지금 행동과 표정에서 그런 사실이 여실히 드러나고 있었다.

"수능이 며칠 남지도 않았으니까 나중에 보시면 아시겠네요."

주혁은 빙긋 웃으면서 말했다. 그 뒤로는 강규민만 간간이 말을 했을 뿐, 다른 사람들은 별다른 얘기가 없었다.

과일을 깨작깨작 먹던 규정은 다른 곳에 들러야 한다면서 먼저 일어났다. 규정을 보내고 들어오면서 규민은 조용히 물었다.

"등록금은 있는 게냐?"

강규민은 주혁의 손을 잡으면서 어려우면 자신이 도와주겠다고 말했다.

"걱정하지 마세요. 그동안 벌어놓은 게 있어요. 그나저나 요즘 사업은 어떠세요?"

"그럼 다행이구나. 사업이야 뭐 항상 그렇지. 경기도 풀린다는데 항상 나쁘기만 하겠냐."

하지만 대답을 하면서 강규민은 크게 한숨을 내쉬었다. 역시나 쉽지 않은 모양이었다. 큰 숙부가 다니고 있는 회사는 영세한 의류 업체였다.

의류 사업은 점점 어려워지고 있었다. 대부분 시장은 대기업이 점유하고 있었고, 중국과 동남아시아에서 싸게 들어오는 제품 때문에 그나마 있는 판로도 점점 없어지고 있었다. 언제 문을 닫아도 이상하지 않을 정도였다.

그런 사실을 잘 알고 있는 주혁이었다. 그러니 그런 상황에서도 자신을 걱정해 주는 큰아버지가 정말 고마울밖에. 주혁은 앞으로 큰아버지는 자신이 잘 챙기리라 결심했다.

'걱정하지 마세요. 제가 앞으로는 잘 모실게요.'

주혁도 막내 숙부가 간 후에 바로 일어섰다. 어차피 큰집에 있어 봐야 불편하기만 하지, 딱히 할 이야기도 없었다. 그래서 외삼촌 집으로 이동했다.

외가 쪽 사람들과는 정말 친해서 가는 내내 즐거운 생각이 들었다. 향하는 내내 주혁의 얼굴은 편해 보였다.

"삼촌."

나이 차이가 크게 나지 않는 조카 둘이 주혁을 반겨주었다. 이정훈과 이정한. 이종사촌 형의 아들들이다. 외삼촌인 오유석과 이종사촌 형인 이태주도 활짝 웃으면서 주혁을 맞이했다.

"인마, 연락 좀 하고 살지."

"그래. 같이 종종 술도 한잔하고 그래야지. 어른이 먼저 연락해야겠냐?"

이태주가 웃으면서 면박을 주자, 외삼촌이 키득거리며 술 이야기를 꺼냈다. 술을 워낙 좋아하는 외삼촌이라 종종 함께 마신 적이 있었다.

"이이가! 당신 이제 혈압 높아서 술 좀 줄여야 해요. 주혁아, 술은 다른 사람이랑 마시고 외삼촌하고는 마시지 말아야 한다. 알았지?"

"어허, 이 사람. 조카하고 한잔하는 거야 뭐 어때. 괜찮아.

혈압이야 약 먹으면 되지."

주혁은 두 분이 아웅다웅하시는 모습이 정말 보기 좋았다. 그는 자신보다 스무 살이나 나이가 많은 이종사촌 형 이태주에게 눈짓을 주었다. 무슨 뜻인지 알아챈 이태주가 입을 열었다.

"자, 주혁이 배고플 텐데 먹으면서 얘기들 하시지요."

그 이야기에 티격태격하던 두 사람이 동시에 주혁을 바라보았다.

"어어, 그러자. 다들 어여 앉아."

외삼촌이 겸연쩍은 표정으로 뒷머리를 긁더니 걸걸한 목소리로 상황을 정리했다. 그렇게 모여 앉아 식사하면서 지난 이야기를 나누었다. 그러다 조카인 정한이가 올해 수능을 본다는 사실이 생각났다.

"정한이, 너 올해 수능 보지?"

"어, 삼촌. 경영학과 생각하고 있어."

이태주는 아들 이정한의 말을 듣더니 눈을 부릅떴다.

"이 녀석이 삼촌한테 그게 무슨 말버릇이야? 당장 제대로 못해?"

"에이, 괜찮아요, 형. 나이 차이도 몇 살 안 나는데 어때요. 그래, 어디 경영학과?"

주혁은 손을 들며 괜찮다고 했지만, 이태주의 표정은 여전히 엄했다. 정한은 아버지의 표정을 살피면서 조심스럽게 대답했다.

"연희대학교요."

"어? 잘하면 나하고 학교 같이 다니겠는데?"

주혁의 말에 사람들 모두 깜짝 놀랐다. 전혀 예상치도 못했던 말이어서였다. 추석 때 들르겠다는 소식을 들었을 때도 적지 않게 놀랐는데, 이번에는 그 정도가 아니었다.

"주혁이, 이번에 수능 보니?"

외숙모가 가장 먼저 정신을 차리고 질문했다. 사람들의 시선이 모두 주혁의 얼굴로 향했다. 모두가 침을 삼키면서 주혁의 입이 열리기만 기다리고 있었다.

"예. 저도 연희대학교 경영학과에 지원하려구요."

사람들이 일제히 고개를 끄덕였다. 주혁은 조금 전과는 전혀 다른 분위기에 저절로 웃음보가 터졌다. 이러니 어찌 이곳을 편하게 생각하지 않을 수 있겠는가.

"괜찮겠니? 거기 점수가 제법 될 텐데."

"주혁이가 어때서. 저 녀석이 공부를 안 해서 그렇지 머리는 좋았다고."

외숙모의 걱정에 외삼촌이 말도 되지 않는 이야기를 했다. 주혁은 태어나서 머리가 좋다고 생각해 본 적이 한 번도 없었다. 지금도 전보다는 나아졌지만, 시간이 많아서 점수가 잘 나오는 거라고 생각했다.

"점수는 될 것 같아요. 정한이랑 같이 다니면 재미있겠네요."

"그런데 삼촌 몸이 전보다 더 좋아진 것 같은데요?"

"어? 그러고 보니 정말 그러네?"

처음에는 반가운 마음에 잘 몰랐는데, 인제 보니 아주 훤칠했다. 몇 년 전보다도 훨씬 좋아 보였다. 사방에서 몸을 더듬으려고 덤벼들자 주혁을 기겁을 하며 도망 다녀야 했다.

"영화? 어디에 출연했는데?"

"괴물이라고……."

잠시 후, 상황이 좀 가라앉은 후에 요즘 하는 일에 대한 이야기로 화제가 돌아갔다. 영화 괴물 이야기를 하자 조카들이 난리가 났다.

"우와, 그럼 삼촌 연예인도 봤어요?"

"아는 걸 그룹도 있어요?"

형인 정훈은 삼촌이 연예인을 볼 수 있다는 사실을 신기해했고, 동생인 정한은 걸 그룹에 관심이 많았다.

"연예인, 걸 그룹. 삼촌이 나중에 다 사인 받아다 줄게."

"진짜지? 삼촌, 진짜지?"

조카들이 동시에 만세를 불렀다. 주혁은 자기만 믿으라고 과장된 표정을 지어 보였다. 그는 시간이 어떻게 흘렀는지 알아채지도 못한 채 어느 때보다 편안한 시간을 보냈다.

자고 가라는 말에 외삼촌 집에서 잠을 자게 되었다. 얇은 이불을 덮었지만, 전에는 느껴보지 못한 포근함과 따스함에 몸과 마음이 훈훈해졌다.

다음 날, 외삼촌 집에서 아침을 먹고 집으로 돌아왔다. 식사하면서 근황 이야기를 나누었는데, 외삼촌이 곧 퇴직해야 할 것 같다는 이야기를 했다. 아직 애들이 결혼도 하지 못했는데 쉴 수는 없으니, 슬슬 옮길 자리를 알아봐야겠다는 이야기도 나왔다.

외삼촌은 그래도 대기업에서 오래 근무했으니, 취업이 그리 어렵지는 않을 걸로 생각하고 있었다. 그보다는 딸 둘이 모두 외국에서 유학하는 게 영 마땅치 않은 듯했다. 집에 와도 썰렁해서 재미가 없다면서.

주혁은 자신이 도울 수 있는 일이라면 만사 제치고 도와야겠다고 생각했다. 돈이 필요하다면 자신이 할 수 있는 한도 내에서 얼마든 드릴 의향도 있었다. 하지만 돈보다는 정말 필요한 도움을 드리는 편이 좋겠다는 생각이 들었다.

아직은 먹고사는 데 문제가 없는 상황이지만, 앞으로 어찌 될지는 아무도 모르는 일 아닌가. 이종사촌 형인 이태주도 대기업에 다니고 있지만 회사가 요즘 위태롭다는 말이 돌고 있었다.

이태주는 대마불사라고 말하면서 태연한 척했지만, 속으로는 고민이 많을 터였다. 주혁은 자신이 있으니 걱정하지 말라고 마음속으로 속삭였다.

산울림 소극장 근처에 있는 집으로 돌아온 주혁은 집 안 정리를 하고는 본격적으로 수능 준비에 박차를 가했다. 차근차근 복습하면서 한 과목씩 체크했다. 역시나 아무런 문제도 없었다.

전혀 긴장할 것 같지 않던 주혁도 11월이 되자 은근히 스트레스를 받기 시작했다. 자신감이 있고 없고를 떠나서 수능을 봐야 한다는 사실 자체가 스트레스였다.

그리고 무척 안타까운 일도 있었다. 영화 괴물의 조감독으로부터 연락이 왔었는데, 수능 날짜와 겹치는 바람에 거절해야 했다. 갑자기 집안일 때문에 그만둔 사람이 있어서 대타로 오라는 연락이었는데, 하필이면 촬영 날짜가 11월 20일부터였다.

대충 일주일 정도 걸린다고 했으니 불가능한 일이었다. 2005년 대학수학능력평가는 시험일이 11월 23일이었기 때문이다. 주혁은 솔직하게 정말 감사하지만, 올해 수능을 봐서 어렵겠다는 답변을 했다.

조감독은 나중에 수능 잘 보라는 말을 하면서, 감독님이 무

척 안타까워했다는 말을 전했다. 안면이 있었던 배우 중 일부
는 직접 연락을 해서 안부를 전했다.

연락은 하지 않았지만, 봉 감독은 주혁에게 계속 관심을 두
리라 생각하고 있었다. 그리고 주혁을 주목하고 있는 사람은
또 있었다.

"어허, 저런 씨부랄 놈이 있나. 도박을 하는 놈들은 김용환
선생을 제외하고는 모두 몹쓸 놈이야."

"폐하, 언행에 신중을 기하심이 옳은 줄로 아뢰옵니다. 혹
여 남이 들을까 두렵사옵니다."

황제 이진은 TV를 보다가 평소처럼 걸걸한 말투를 내뱉었
다. 국민들은 아는 사람이 없었지만, 황실 관계자들 사이에서
이진의 욕설은 유명했다. 황실 집사인 음형식은 한숨을 내쉬
면서 말렸지만, 아무런 소용이 없을 거라는 걸 너무나도 잘
알고 있었다.

"허허, 여기에 나와 그대 말고 또 누가 있단 말이오. 그대
만 입을 다물면 아무도 모를 것이니 걱정하지 않아도 되지 않
겠소."

황제는 너털웃음을 터트리고는 계속해서 TV에 집중했다.
연예인을 포함한 사람들이 압구정동에 있는 한 지하 불법 카
지노에서 거액의 돈을 걸고 도박을 했다는 뉴스가 나오고 있

었다.

모두 형사 입건이 되었다고 나왔는데, 황제는 혀를 차면서 남녀의 성기와 동물의 명칭이 뒤섞인 욕설을 내뱉었다. 무척이나 웃긴 것이, 이진의 목소리는 굉장히 위엄 있고 말투도 아주 느릿느릿했다.

사람들에게 이야기할 때는 정말 제왕의 풍모가 풍겼다. 그런데 그런 말투로 아주 상스러운 욕설을 하니 참 기묘하게 들렸다. 욕도 약간 기품 있게 들린다고나 할까? 음형식은 세상에서 저렇게 고급스럽게 욕을 하는 사람은 황제뿐일 것이라는 생각을 했다.

그가 그런 생각을 하는 사이, 불법 도박을 한 연예인은 동물과 천한 사람의 조합이기도 했다가, 남녀의 성기가 합쳐진 놈이 되기도 했다. 음형식은 고개를 내저으면서 한숨을 푹푹 쉬었다.

"이보게, 김용환 선생의 후손들은 어찌 지내고 있는지 아는가?"

도박 뉴스를 보니 예전부터 인연이 있었던 김용환 선생이 생각났던 모양이었다. 김용환은 평생 집안을 말아먹은 파락호라고 불리며 살아온 사람이었다.

그는 노름을 즐겨서 당시 안동 일대의 노름판에는 꼭 끼었었다. 초저녁부터 노름을 하다가 새벽녘이 되면 판돈을 모두 걸고 승부를 했다고 한다. 이기면 돈을 챙겨 유유히 나오고, 만약 지면 '새벽 몽둥이야!' 라고 외쳤다.

그러면 도박장 주변에 잠복해 있던 수하 20여 명이 몽둥이를 들고 나타나 덮쳐서 판돈을 자루에 담고 건달들과 함께 유유히 사라졌다.

그렇게 노름하다가 종갓집의 재산이 남의 손에 넘어가면, 종친들이 돈을 모아 다시 사준 경우도 있었다고 한다. 그 당시 종가의 재산이란 가문에 큰 의미가 있었으니까.

하지만 김용환의 노름은 끊이질 않았고, 결국 전답 18만 평, 현재 시가로 약 200억 원이나 되는 재산을 모두 팔아먹었다.

하지만 그에게는 큰 비밀이 있었다. 사실 그는 일제의 눈을 피해 독립군에게 자금을 보내기 위해 그런 오명을 뒤집어썼다. 노름으로 돈을 잃었다고 위장하고는 그 돈을 모두 독립운동 자금으로 보냈던 것이다.

해방을 맞은 이듬해, 김용환이 눈을 감을 때 친구가 찾아와 이제 그만 말해도 되지 않느냐고 했다. 하지만 그는 '선비로서 당연히 해야 할 일을 했을 뿐인데' 하면서 끝까지 함구하고 세상을 떠났다. 그 사실을 알고 있던 황제 이진은 김용환을 찾았으나 그는 이미 세상을 떠난 뒤였다.

해방된 이후 미국과 소련 때문에 사회가 어지러웠던 터라 독립 운동을 한 사람들을 찾는 일이 늦어진 탓이었다. 황제 이진은 그 일을 두고두고 후회하며 그 후손들에게 각별히 신경을 썼다.

"특별히 주의를 기울이고 있으니 염려하지 않으셔도 됩니다."

"그래, 그래야지. 독립을 위해서 그렇게 애쓴 사람들 우리가 챙겨야지."

황제는 매년 독립 유공자들을 불러 같이 식사하고 이야기를 나누었다. 경조사가 있을 때도 자주 참석했다. 건강 문제나 일정 문제로 참석을 만류하는 사람이 있으면, 황제의 기품 있는 욕을 바가지로 먹어야 했다. 저들 덕에 우리가 있는 것인데, 어찌 나 편하자고 그들을 외면할 수 있느냐면서.

한 번은 지방에서 결혼식이 있었는데, 일정 때문에 시간이 없어 헬기로 이동하기로 한 적이 있었다. 그런데 하필 태풍이 오는 바람에 헬기가 뜰 수 없는 상황이었다.

결혼식에 참석한 사람 모두 오지 못할 것으로 생각하고 있던 와중 황제가 나타났다. 자동차로 태풍을 뚫고 달려온 것이다. 비록 일정 때문에 얼굴만 보이고 바로 떠나야 했지만, 그 일로 인해서 황제의 인기는 하늘을 찌를 듯 높아졌다.

"이보게, 저 친구에 대해서도 좀 알아보게."

황제의 말에 음형식은 TV를 보았다. 뉴스에서 선로에 떨어진 어린아이를 구한 한 청년의 이야기가 나오고 있었다. 아이가 미끄러져 선로에 떨어지자 건너편 승강장에서 이를 본 청년이 득달같이 달려가서 아이를 구했다.

음형식도 보면서 참 대견스러운 청년이라는 생각이 들었다. 지하철이 들어오고 있어서 자신의 목숨이 위태로울 수도 있었다. 그런데도 그 청년은 망설임 없이 뛰어들어 아이를 구했다.

"정말 대견한 청년입니다. 제가 저 청년에 대해서 소상히 알아서 보고하도록 하겠습니다."

"그러게. 저런 청년이 많아야 이 나라가 좋아지지. 똑똑한 사람도 좋지만, 저런 청년이야말로 진정 나라에 필요한 사람이야."

황제는 저런 인재를 보면 관심을 두고 챙겼다. 그래서 빨리 이 나라가 바로 서기를 갈망했다. 황제는 아직도 이 나라를 움켜쥐고 흔들고 있는 세력을 생각하면서 이를 갈았다. 억울하고 분통했지만, 자신에게는 힘이 모자랐다.

그들을 어떻게든 몰아내려고 했지만, 오히려 아들인 이성이 그들에게 살해당했다. 입 다물고 조용히 지내라는 경고였다. 그 뒤로 황제는 은밀하게 움직였다.

눈에 띄었다가는 지금 황태자인 이서는 물론이고, 2황자인 이홍, 공주 이민까지도 목숨이 위태로울 수 있었다. 하지만 은밀하게 움직여야 하는 만큼 힘을 모으는 속도가 너무 더뎠다.

분을 삭이면서 의자의 손잡이를 꽉 움켜쥐었던 황제는 갑자기 생각이 떠오른 듯 음형식에게 고개를 돌리면서 물었다.

"저번에 그 친구는 이번에 수능을 본다고? 강주혁이라고 했던가?"

"예, 폐하. 강주혁이 맞습니다. 영화 괴물에 단역으로 잠시 출연했다가 곧 수능을 본다고 합니다."

음형식은 황제가 대단하다는 생각을 했다. 황제 이진은 1923년생이니 여든이 넘은 고령이다. 그럼에도 기억력이 대단했다.

황제는 국내에서 힘을 키우는 것도 중요하지만, 주변국 주요 인물과의 관계도 중요하다고 생각했다. 그래서 최근 중국에서 주목받고 있는 인물인 시진핑(智近平, 습근평)과 인연을 맺어두려 애썼다.

비록 저장성 당 서기가 굉장한 자리는 아니었지만, 시진핑에 대한 중국 내부의 평가는 굉장히 좋았다. 황제 이진은 독립 운동을 할 당시부터 알고 지내던 중국 인사들이 상당수 있어서 중국의 정보는 얻기가 쉬운 편이었다.

게다가 앞으로 중국은 전 세계를 좌지우지하는 강대국이

되리라는 건 누구나 인정하는 바였다. 시간이 얼마나 걸릴 것이냐는 점에 대해서는 의견이 분분했지만, 중국이 미국과 동등한 내지는 그 이상의 위상을 가질 거라는 사실에 반대하는 사람은 거의 없었다.

시진핑에 대한 정보는 황제 이진이 알고 있는 중국 인사 중에서도 가장 안목이 높은 사람의 말이었다. 그는 시진핑이 향후 중국에서 중추적인 인물이 될 것이라고 예상했다.

사실 첫 만남에서는 굉장히 의례적이고 형식적이었다. 어찌 안 그렇겠는가. 정치 외교 바닥에서 굴러먹는 사람 중에 만만한 자가 있던가. 그런데 시진핑이 강주혁이라는 청년을 만나고 난 후에는 확실히 관계가 매끄러워졌다. 그 청년 덕분에 시진핑이 한국에 대해서 상당한 호감을 갖게 되었으니까.

호감이 있는 상태에서 대화를 하다 보니 허심탄회한 이야기까지 오갈 수 있었다. 덕분에 황제는 시진핑과 단순한 만남 이상의 인연을 맺을 수 있었다. 그리고 시진핑이 강주혁에 대해서 상당한 호감이 있음을 알 수 있었다.

게다가 중국에 있는 지인이 전해온 바로는 시진핑의 부인까지 주혁에 대해서 알게 되었고, 상당히 고마워했다고 했다.

"79년생이라고 했으니, 황태자인 서와 동갑이구만. 학교가 좀 늦은 편이야."

"그래도 모의고사 점수가 아주 좋다고 합니다. 서울황립대학교에도 합격할 수 있는 수준이라고 합니다."

음형식은 손을 써서 주혁의 모의고사 점수를 알아보았다. 그는 생각보다 높은 주혁의 점수에 깜짝 놀랐다. 나이가 많은 편이었고, 고등학교 때 성적이 그리 좋은 편이 아니라 크게 기대하지 않았었으니까.

"그만큼 노력했다는 말이겠지. 가상한 젊은이야. 그렇지 않나? 대범하기도 하고."

"예, 폐하. 확실히 보통 젊은이는 아닌 듯합니다."

황제는 직접 대면하지는 못했지만, 강주혁이라는 젊은이에게서 호걸의 풍모를 느꼈다. 사람을 끌어당기는 매력을 가지고 있는 대범하고 호탕한 호걸.

그런 인물이 크게 되면 정말 대단한 인물이 된다. 그리고 그런 점이 아니더라도, 시진핑과의 인연 때문에라도 관심을 가지지 않을 수 없었다. 시진핑이 잘될수록 강주혁의 가치는 덩달아 높아질 테니까.

"그 친구도 계속 관심을 가지고 살피도록 하게."

"예, 폐하. 소신이 직접 챙기도록 하겠습니다."

황제는 이야기를 마치고는 의자에 등을 기댔다. 그리고 편안한 자세로 TV를 시청했다. 뉴스에서는 온갖 좋지 않은 이야기가 끝없이 쏟아지고 있었다. 마치 바닷속에 있는 맷돌에서 계속해서 소금이 나오듯이.

"저런! 저 빌어먹다가……."

"폐하, 제발 욕은……."

*　　　*　　　*

주혁은 수능 당일 상쾌한 기분으로 자리에서 일어났다. 그동안 스트레스를 받고 긴장했던 것에 비해, 당일 아침은 오히려 상쾌하고 가뿐한 느낌이었다.

"하기야 걱정할 게 없지. 준비야 철저하게 해놓았으니까. 그리고 정 안 되겠으면 동전 하나 쓰지, 뭐."

그렇게 생각하니 마음이 평온해졌다. 이미 준비는 완벽하게 되어 있었고, 보험까지 가지고 있었으니 두려울 것이 없었다.

그래서일까. 어느 때보다 머리가 맑고 기억이 또렷했다. 8시 40분, 언어 영역부터 수능 시험이 시작되었다. 그런데 문제지를 받자 정답이 바로바로 보였다. 혹시나 싶어서 다시 확인을 해보았지만, 처음에 생각한 정답이 틀림없었다.

"이거 너무 쉬운데?"

교탁에 있던 감독관이 교탁을 톡톡 건드리면서 주혁에게 주의하라고 하였다.

"거기 떠들지 말고 문제에 집중하도록."

주혁은 슬쩍 감독관을 보고는 문제 풀이에 집중했다. 90분이 모두 흐르기도 전에 문제를 모두 푼 주혁은 두세 번 재검토했다. 완벽하게 문제를 풀었다는 확신이 들자 그는 눈을 감고 명상을 했고, 감독관은 그런 주혁을 다소 의아하다는 표정으로 쳐다보았다.

2교시인 수리 영역도 그다지 어렵지는 않았는데, 조금 까다로운 문제들이 있었다. 그래서 종이 울리기 전까지 고민해야 했다. 한 문제는 도저히 풀리지 않아서 포기했다. 찍은 게 맞기만 바랄 뿐. 나머지 중에서도 한 개는 정답을 확신할 수 없었다.

하지만 모의고사를 봤던 것에 비하면 쉬운 편이었다. 수리 영역이 끝나고 점심을 먹는데, 분위기가 나쁘지 않았다. 표정을 보아하니 지금까지는 다들 잘 본 듯했다. 어디나 그렇듯이 울상인 사람도 있긴 했지만, 대부분은 밝은 표정이었다.

"문제가 전체적으로 쉬웠나 보네."

주혁은 주변을 둘러보면서 중얼거렸다. 사람들의 표정은 밝았지만, 여유가 있어 보이지는 않았다. 무언가는 해야 할 것 같은데, 뭘 해야 할지 몰라서 안절부절못하는 사람이 몇 보였다. 손톱을 잘근잘근 깨물고 있는 사람도 있었다.

물론 대부분은 식사를 마치고 하나라도 더 보려고 노트를 뒤적이고 있었다. 주혁은 천천히 식사를 마치고 자리에서 일어섰다. 남는 시간에 산책이나 할 요량에서였다.

추운 날씨는 아니었지만, 더운 실내에 있다가 밖으로 나오니 상대적으로 차갑게 느껴지는 공기가 얼굴에 달라붙었다. 서늘한 기운에 순간 몸이 부르르 떨렸다.

하지만 걸을수록 시원한 공기가 머릿속을 맑게 헹궈주는 느낌이었다. 그는 구름으로 뒤덮인 하늘을 올려다보았다.

여러 가지 생각이 구름 위로 흘러 지나갔다. 이런 기세로 시험을 마친다면 연희대학교 경영학과에 합격하는 일은 문제도 아닐 듯했다. 그 모습을 가족들이 보았으면 얼마나 좋았을까 하는 생각이 드니 눈가가 살짝 붉어졌다.

잠시 하늘을 보면서 상념에 젖어 있던 주혁은 고개를 내렸다. 아직 시험이 끝난 것은 아니었으니 현실에 집중해야 할 때였다. 시계를 보니 시험 시작하기 10분 전이었다. 그는 교실로 돌아와 자리에 앉아 눈을 감았다.

사실 이번 수능은 시작부터 조금 어수선했다. 원래 11월 17일에 시행할 예정이었지만, 부산 APEC 정상 회담 관계로 애초 계획보다 일주일 정도 늦춰진 2005년 11월 23일에 시행되었던 것이다.

그리고 바뀐 제도 때문에 수험생들이 무척이나 혼란스러워했다. 작년에 있었던 대규모 부정행위 사건 때문에 휴대폰,

MP3 플레이어와 같은 전자 기기를 소지할 수 없게 된 일도 있었다.

덕분에 주혁도 시각 표시 기능만 있는 시계를 따로 사야 했다. 하지만 어찌 되었건 수능은 시작되었고, 이미 2시간이나 지났다. 시작은 좋았으니 이제 잘 마무리하는 일만 남았다.

외국어 영역은 앞에서 본 과목보다는 어렵다고 느껴졌다. 두 문제는 전혀 답을 알 수가 없었고, 헷갈리는 문제도 있었다. 정말 답을 모를 때는 가능성이 높다고 생각되는 걸 찍었다.

다행스러운 점은 사탐과 제2외국어는 아주 편하게 보았다는 것이었다. 아마도 둘 다 만점을 기대할 수 있을 듯했다. 제2외국어는 굳이 보지 않아도 상관없었지만, 그동안 공부한 것을 확인하는 차원에서 중국어를 선택했다.

마지막 5교시가 끝나자 맥이 탁 풀렸다. 상당히 편하고 여유롭게 시험을 보았다고 생각했는데, 그래도 긴장이 되었던 모양이었다.

"끝나니까 후련하긴 하네."

언어 영역과 사탐은 만점이나 틀려봐야 하나이거나 둘 정도일 테고, 수리 영역과 외국어 영역도 상당히 높은 점수가 예상되었다.

문제가 너무 쉬워서 만점자가 수두룩하게 나오는 상황만 아니라면, 합격은 따 놓은 당상이었다. 출제 의원이 미치지 않고서야 그럴 리는 없을 테니, 주혁은 합격을 거의 확신하고 있었다.

하지만 사람이 참 이상한 것이, 합격이 확실하다고 생각하면서도 자신도 모르게 수능 문제에 대해 신경이 쓰였다.

주혁은 집으로 돌아와 간단하게 식사를 하고는 바로 TV를 켰다. 정답 해설을 보기 전까지는 약간의 불안감이 있었다. 하지만 방송이 진행되면서 자기 생각이 정확했다는 것을 확인할 수 있었다.

"오케이~"

주혁은 주먹으로 어퍼컷을 날리면서 방 안을 뛰어다녔다. 가채점을 하면서 가장 기분이 좋은 때는 언제일까? 만점 받은 것을 확인했을 때? 아니다. 바로 찍은 문제가 맞았을 때였다. 적어도 주혁은 그랬다.

언어 영역은 예상대로 만점이었다. 문제가 다소 쉽게 출제되었다는 말도 있었다. 수리와 영어는 한두 문제를 제외하고는 다 맞은 듯했다. 생각 외로 찍은 문제가 맞아서 1등급은 문제없을 것 같았다.

사탐은 만점이라고 생각했지만, 너무 풀어졌었는지 실수가 하나 있었다. 합격 여부에는 전혀 관계가 없었지만, 그래도 무척 아쉬웠다. 제2외국어인 중국어 역시 예상대로 만점을 받았다.

"490점 이상은 확실하네. 기억이 확실하다면 494점."

주혁은 고득점에 성공했다는 사실에 만족했다. 사실 그의 원래 내신 등급이 반영된다면 아무리 고득점을 받는다더라도 연희대학교에 합격하는 일은 쉽지 않았을 것이다.

그 문제로 학교를 낮출까 하는 생각도 했었다. 하지만 주혁에게 희소식이 있었다. 2004년 이전에 졸업한 사람은 계산 방식이 달랐다.

이래저래 복잡한 계산이었지만, 간단하게 말하면 수능시험 성적을 반영해서 다시 계산한다는 거였다.

당연히 당시 내신 등급이 낮았다고 해도, 수능 점수를 잘 받으면 환산된 점수는 높아진다. 당시 내신 점수를 반영하는 것보다는 가능성이 높아지는 것이다. 주혁은 98년 2월에 졸업했기 때문에 수능 점수가 더 중요했다.

주혁은 콧노래를 부르면서 춤을 추었다. 이 점수라면 논술도 걱정할 필요가 없었다. 점수가 높은 사람은 논술점수와 상관없이 우선 선발하기 때문이었다. 논술은 가서 보기만 하면 되었다.

혼자서 흥얼거리면서 미친놈처럼 흐느적거리던 주혁은 전화벨 소리에 놀라서 핸드폰을 집어 들었다.

큰아버지의 전화였다. 그는 아차 싶었다. 연락을 기다리고 있는 사람들이 있는데 흥에 겨워서 잊고 있었다. 그는 재빨리 전화를 받았다.

"예, 큰아버지."

─수고했다. 어떻게, 시험은 잘 봤고?

"예, 잘 봤습니다. 목표한 데 합격할 정도는 되는 것 같아요."

─그래? 장하다, 주혁아. 혼자서 공부하면서 얼마나 고생을 했을꼬. 장하다, 장해!

점수가 잘 나온 것 같다는 말에 큰아버지 강규민의 목소리가 커졌다. 혼자 남은 조카가 항상 걱정이었다. 하지만 자신의 형편도 그리 여유롭지 못해서 잘 돌보지 못한 일이 늘 가슴 한구석을 짓누르고 있었다.

그런데 혼자서 생활비도 벌어가면서 공부해서 명문대에 갈 성적을 받았다니 얼마나 대견한가. 강규민은 죽은 동생 규석과 제수씨가 이 광경을 보았으면 얼마나 기뻐할까 하는 생각이 들어 목소리가 바르르 떨렸다.

─수고했다, 수고했어.

"아직 확실하게 합격한 건 아니고요. 합격이 확정되면 그때 다시 연락드릴게요."

─그래, 그래. 시험 보느라 피곤할 텐데 어서 쉬어라.

"예. 큰아버지도 쉬세요."

주혁은 오늘은 전화를 받았지만, 합격을 확인하게 되면 꼭 먼저 전화를 드려야겠다고 생각했다. 큰아버지의 전화를 받으니 오늘은 이 집이 그래도 그리 황량하게 느껴지지는 않았다. 주혁은 전화기를 들고 외삼촌에게 전화를 걸었다.

외삼촌 역시 전화를 기다리고 있었다. 점수가 잘 나왔다는 말에 자기 일처럼 기뻐하더니 언제 한번 들르라고 이야기했다. 외숙모도 좋아하는 만두를 만들어놓을 테니 이번에 시험 본 정훈과 같이 오라는 말을 전했다.

이야기를 들어보니 12월 18일에 모이자고 태주 형과는 어느 정도 이야기가 된 듯했다. 16일에 성적이 통지되니 그 주 일요일에 보자는 거였다. 좋다고 대답한 주혁은 이번에는 이종사촌 형 이태주의 집에 전화를 걸었다.

"형, 저 주혁이에요."

—그래, 당연히 시험은 잘 봤겠지?

형의 목소리가 무척 들떠 있었다. 주변이 어수선한 것으로 보아 정훈이도 시험을 잘 본 모양이었다. 주혁은 다행이라고 생각하면서 이야기했다.

"당연히 잘 봤죠. 받아봐야 알겠지만, 걱정할 일은 없을 것 같네요."

—내 그럴 줄 알았다. 네가 또 한다면 하는 놈이지.

"시끄러운 걸 보니 정훈이도 시험 잘 본 모양이네요?"

―하하! 정훈이도 안정권인 것 같아. 시험이 좀 쉬웠다는 걸 고려해도 충분할 것 같다.

주혁은 목소리를 들으면서 아들의 소식을 기뻐하는 아버지의 기분이란 이런 것이겠구나 하는 걸 느꼈다. 그러면서 자신은 왜 전에 아버지에게 이런 기분을 느끼게 하지 못했을까 하는 자책이 들었다.

―얘기 들었지? 12월 18일에 모이기로 했다는 거. 너도 그날 별일 없지?

잠시 상념에 젖어 있던 주혁은 정신을 차리고 대답했다.

"예. 저도 그날 참석할게요."

―그래. 피곤할 텐데… 아니, 아니. 잠깐만. 정훈이가 잠깐 바꿔달란다.

잠시 시끄러운 소음이 들리더니 조카 정훈이의 목소리가 들렸다. 주변에서는 가족끼리 뭘 하는지 여전히 왁자지껄한 소리가 들렸다.

―삼촌도 잘 봤다면서요? 그럼 내년에 우리 학교 같이 다니겠네요?

"뭐, 봐야 알겠지만 아마 그렇게 될 것 같은데?"

―오오! 이거 기대가 되는데요?

정훈은 잔뜩 기분이 업된 목소리였다. 녀석이야 전교에서 최상위권이니 별다른 이변은 없을 걸로 생각하고 있었다. 나이 차가 얼마 나지는 않지만, 조카와 학교를 같이 다닌다는 생각에 기분이 약간 묘해졌다.

통화를 마치고 컴퓨터 앞에 앉았는데, 갑자기 정훈이가 학교에서도 자신을 삼촌이라고 부를 거라는 사실에 생각이 미쳤다. 어쩐지 늙다리가 된 것 같은 느낌이 들었다.

안 그래도 복학생보다도 나이가 많아서 애들과 어떻게 지내야 하는지 슬슬 고민이 되었다. 파릇파릇한 여대생들에게는 외면당한 채 예비역들과 술을 마시는 자신의 모습이 상상되었다.

"이거 왠지 불안한데?"

거기다가 정훈이가 자신을 삼촌이라고 부른다면, 자신이 생각했던 낭만적인 캠퍼스 생활은 물 건너 갈 것이다.

"그렇다고 삼촌이라고 부르지 말라고 할 수도 없잖아. 정훈이가 무슨 홍길동도 아니고."

주혁은 '에라, 모르겠다'라고 하고는 자리에 누웠다.

내일부터는 몸을 제대로 만들겠다고 결심했다. 수능 준비를 하느라 운동을 조금 등한시했더니 몸에 약간 군살이 있는 듯했다. 그리고 머리도 바꿔야겠다고 생각했다. 조금이라도 어려 보이고 싶었기 때문이다.

그렇게 수능 시험을 친 2005년 11월 23일은 저물어가고 있었다. 정말 피곤했는지 주혁은 베개에 머리가 닿자마자 잠이 들었다.

그는 모르고 있었지만, 이상한 힘을 가진 금속 상자에서 두어 차례 빛이 흘러나왔다. 그리고 그 빛은 주혁의 몸속으로 흘러들어 갔다. 그 사실을 아는 사람은 아무도 없었다.

＊　　　＊　　　＊

12월 16일, 주혁은 자신의 수능 점수를 확인할 수 있었다. 예상대로 모두 1등급이었다. 백분위도 대부분 100. 아닌 과목도 모두 99였으니 예전 같았으면 꿈도 꿀 수 없었던 점수다.

입학 원서 접수 기간은 12월 24일부터 5일간이었다. 인터넷을 통해서만 받는다니 굳이 찾아갈 필요도 없었다. 일요일 아침에 그는 옷을 차려입으면서 다시 한 번 책상 위의 점수표를 힐끗 보았다.

"엎어지면 코 닿을 거리니 가서 접수해도 상관없지만 말이지."

다행인 것은 논술 시험이 1월 7일 토요일에 있다는 점이었다. 1월 8일에 촬영이 끝나니 오라는 연락을 조감독에게서 받았기 때문이다. 가면 보나 마나 밤새 술을 마실 터인데 다음 날이 논술 시험이면 낭패가 아닌가.

하지만 날짜도 딱 좋았다. 논술 시험까지 마치고, 사람들과 어울리면 마음도 편하고 좋을 테니까. 합격자 발표는 1월 27일에 한다고 했지만, 딱히 신경 쓰이지도 않았다. 학원이나 다른 사람에게 문의해서 넉넉하게 합격할 점수라는 이야기를 들었으니까.

어떤 사람은 차라리 서울황립대학교나 의대에 지원하라는 이야기도 했다. 거기에 넣어도 충분히 붙을 수 있다면서. 하지만 주혁은 굳이 그럴 필요는 없다고 생각했다. 경영학과 공부도 미리 다 해놓았는데, 미쳤다고 다른 과를 가겠는가.

자신의 목표는 명문 사립대를 우수한 성적으로 다니면서 낭만적인 캠퍼스 생활을 하는 거였다. 그리고 동시에 배우의 이력을 쌓아나갈 생각이었다.

"자, 그건 나중에 생각하고 만두 먹으러 가야지."

주혁은 직접 집에서 만드는 만두를 먹을 생각에 들떠 있었다. 얼마 만인지 기억나지도 않았다. 가족이 그렇게 되고, 친척들과 왕래가 끊기면서 먹을 기회가 없었으니까. 주혁은 김이 모락모락 나는 탐스러운 만두를 상상하자 저절로 침이 고였다.

만두. 단어의 뜻으로만 보면 만족의 머리란 뜻이다. 제갈

공명이 남만을 정벌할 때 만든 음식이라는 설이 있다. 강의 풍랑을 잠재우려면 49명의 머리를 잘라 강의 신에게 바쳐야 한다고 하자, 밀가루로 머리 모양을 만들어 던졌더니 조용해졌다나?

"거기 강의 신은 좀 멍청했었나 봐요."

만두를 빚으면서 주혁이 이야기했다. 사실 그렇지 않은가. 신이라는 존재가 밀가루로 만든 머리에 속다니.

"그게 아니라 만두가 그만큼 맛있었던 게지."

외숙모의 말에 정한과 정훈이 동시에 고개를 끄덕였다. 주혁도 듣고 보니 그럴듯했다. 자신이 강의 신이라면, 만두를 받고 봐줬을 것 같았다. 주혁이 생각하는 가장 맛있는 음식은 바로 만두였으니까.

만두는 안에 들어가는 소도 중요하지만, 소를 감싸는 피도 중요하다. 대부분 만두피를 사서 쓰는데, 그렇게 만들면 전혀 맛이 없었다. 그리고 반죽을 펼쳐놓고 주전자 뚜껑 같은 것으로 찍어내는 경우도 있는데, 주혁은 그것도 별로였다.

"피는 역시 밀어야 제 맛이죠."

주혁은 숟가락으로 소를 푹 퍼서 피에 넣으면서 이야기했다. 그의 앞에는 외숙모가 자그마한 나무 방망이로 만두피를 밀고 있었다.

"요새야 누가 피를 밀고 있어. 다들 사다가 쓰지."

맞는 말이다. 사실 집에서 만두를 만들어 먹는 집도 많지 않은 듯했다. 주혁은 편리한 것도 좋지만, 이렇게 모여서 이야기하며 같이 음식을 만들어 먹는 편이 더 좋다고 생각했다.

맛도 건강도 그 편이 훨씬 좋을 테고, 가족이나 친척 간에 친목도 다지니 얼마나 좋은가. 자신이나 정한, 정훈도 나중에 결혼해 아마 이렇게 모여서 만두를 해 먹으리라.

외숙모와 형수가 음식을 하는 사이 뒷정리는 주혁과 조카들의 몫이었다. 머릿수가 많으니 일도 번거롭지 않았다. 상을 펴고 음식을 나르는 것도 주혁과 조카들이 거들었다.

"자, 먹자."

"잘 먹겠습니다!"

외삼촌의 말에 주혁과 조카들이 동시에 외쳤다. 그리고 그 후로 한동안 아무도 말이 없었다. 그저 바쁘게 수저가 움직일 뿐이었다.

"허어, 허어. 역시 외숙모 만두가 최고!"

뜨거운 만두를 입에 넣고 미처 삼키지 못해 허허거리면서 주혁이 엄지를 올렸다. 그의 말에 음식을 먹던 남자들이 외숙모를 바라보며 일제히 엄지를 치켜들었다.

"쓸데없는 소리 하지 말고 식기 전에 음식이나 먹어요."

외숙모는 다소 퉁명스럽게 이야기했지만, 얼굴이 살짝 붉어지는 걸 감출 수는 없었다. 사람들은 웃으면서 식사를 이어 나갔다. 이런저런 이야기를 하면서 식사를 하다 보니 그릇에 가득 담겨 있던 만두가 하나둘 자취를 감추었다.

"아이고, 배부르다."

외삼촌이 가장 먼저 식사를 마치고 자리에서 일어났다. 소파에 앉아서 TV를 켰는데, 연말이라 그런지 결산을 하는 프로그램이 많이 방송되고 있었다. 외삼촌은 채널을 돌리다가 스포츠 결산을 하는 프로그램이 나오자 리모컨을 내려놓았다.

올해를 빛낸 스포츠 스타들에 대해서 정리를 하고 있었다. 잉글랜드 프리미어리그의 인기 구단인 맨체스터 유나이티드에 입단한 박주성의 이야기도 나왔고, 이종격투기 무대인 K-1에서 야수 밥 샵을 이긴 거인 강중덕의 이야기도 나왔다.

"우리나라에서 피겨 금메달이 다 나왔네. 이야, 대단하네."

"원래 우리나라 선수들이 어렸을 때는 잘하잖아요. 주니어 대회니까 가능했겠죠."

외삼촌과 이종사촌 형이 나란히 앉아서 대화를 나누었다. 바로 김소민 선수에 대한 이야기였다. 주혁은 한숨을 푹 내쉬었다. 얼마 전에 있었던 실수가 생각나서였다.

날짜는 정확하게 기억나지 않지만, 아마도 11월 말쯤이었을 것이다. 갑자기 모르는 번호로 전화가 왔다. 핸드폰을 받으니 약간 앳된 목소리가 들렸다.

—안녕하세요, 저 소민이에요.

주혁은 멍한 표정으로 눈을 껌뻑거렸다. 자신이 연락하는 소민이라는 여자애는 없었다. 김소민 선수는 직접 만나지도 않았고, 연락처를 알려주지 않았기 때문에 그 아이가 연락했을 것이라고는 아예 생각조차 들지 않았다.

"전화 잘못 거셨습니다."

—저, 저기요. 저 우승…….

주혁은 전화를 끊었다. 반대편에서 다급하게 뭐라고 하는 듯했지만 자신과는 상관없는 일이라고 여겼다. 그러나 잠시 후 김소민 선수 어머니의 전화를 받고서 자신이 실수했음을 알았다.

"이런, 이거 죄송해서 어떻게 하지요? 지금 소민이 있으면 좀 바꿔주시겠어요?"

—지금은 옆에 없어서요. 애가 우승했다고 알려드리고 싶다고 해서 연락을 한 건데…….

주혁은 난감했다. 누가 김소민 선수가 전화할 줄 알았겠는가. 그리고 주니어 그랑프리에서 우승하리라는 것도 전혀 예상하지 못했다. 실력이 있고, 엄청난 노력을 한다는 건 알고 있었지만 세계 무대에서 곧바로 빛을 발할 줄이야.

주혁은 공연히 가슴이 뿌듯해졌다. 그 아이가 노력해서 얻은 결과이지만, 자신의 지원도 아주 약간은 도움이 되지 않았을까 하는 생각에서였다. 그렇게 생각하니 더욱 미안해졌다.

우승 소식을 알려주면서 감사하다는 표현을 하려고 했을 것이다. 얼마나 설레는 마음으로 전화했을까? 그런데 기껏 한다는 소리가 '전화 잘못 거셨습니다' 라니. 주혁은 주먹으로 머리를 콩콩 때렸다.

"제가 큰 실수를 했네요. 잘 몰라서 그런 거니까 소민이한테 잘 좀 말해주세요."

─실수는요. 제가 이야기 잘할 테니 너무 걱정하지 마세요.

주혁은 자신이 적당한 시간에 먼저 전화하겠다고 했지만, 어머니는 그러지 않으셔도 된다며 웃었다. 어머니는 아까 번호가 소민이 번호라고 알려주면서 말했다.

─소민이가 먼저 연락할 테니까 걱정하지 말고 기다리세요.

그래서 기다린 것이 벌써 보름이 넘었다. 주혁은 워낙 바빠서 그런 것이라 생각하면서도, 이거 단단히 삐진 것이 아닌가 싶기도 했다.

주혁이 생각에 잠겨 있는 사이 정훈과 정한도 대화에 끼어들었다.

"사람들이 주니어 대회니까 가능했을 거라고 하던데요."

"저는 이 방송보고 처음 알았어요."

사실 그렇다. 우리나라 사람 중에서 피겨 스케이팅에 관심이 있는 이는 그리 많지 않았다.

미모의 여자 선수라도 나오면 모를까, 남자들에게 피겨 스케이팅은 돌덩어리를 던지고 빗자루 같은 것으로 빙판을 쓱쓱 문지르는 컬링과 다를 바가 없었다. 전혀 관심 없다는 뜻이었다.

하지만 주혁은 다르다. 김소민 선수에 대해서도 알아보았고, 그 아이의 현재 실력이나 장래성에 대해서도 충분히 알아보았다. 당연히 피겨 스케이팅의 기술이나 김소민에 대해서도 잘 알았다.

"저 아이가 이대로 자라면 동계 올림픽 금메달도 노려볼만할 걸요?"

"에이, 우리나라가 무슨 동계 올림픽에서 금메달을……."

"맞아요. 금메달까지는 좀 오버예요."

주혁의 말에 외삼촌은 코웃음을 쳤고, 조카들은 피식 웃었다. 주혁은 발끈했다. 그래서 화면을 가리키며 가속도와 점 프가 어떻고, 트리플 플립과 트리플 러츠가 어떤지 이야기했 다.

사람들은 이쑤시개에 꽂힌 사과와 배를 들고는 멍하니 주 혁을 쳐다보았다. 그들은 주혁이 하는 말을 하나도 알아들을 수 없었다. 피겨 스케이팅 기술 이름은 머리에 털 나고 처음 들어보는 것이었고, 어떤 식으로 채점이 되는지도 금시초문 이었다.

"너, 혹시 쟤 좋아하냐?"

너무 열성적으로 이야기하니 외삼촌이 이상한 눈초리로 보면서 물었다. 주혁은 무슨 말도 되지 않는 이야기냐는 표정 을 지어 보였다.

"정말 대단한 선수예요. 두고 보세요. 저 선수가 올림픽에 서 금메달 딸 테니까."

"뭐, 그렇게만 된다면야 우리나라의 경사지."

사람들은 주혁의 말에 동의했다. 사실 쇼트트랙을 제외하 면 동계 올림픽은 우리나라와는 전혀 상관없는 듯한 느낌이 었다. 다른 종목에서도 금메달이 나온다면 정말 기뻐할 일이 아니겠는가.

다들 공감을 하고 있는데 별안간 주혁의 핸드폰이 울렸다. 딱히 연락이 올 곳이 없어서 고개를 갸웃거리며 핸드폰을 보니 김소민의 전화였다. 주혁은 순간 당황했다.

원래 전화가 오면 다정하게 이름을 불러주면서, 그날 일도 사과하려 했다. 그런데 지금은 그럴 수가 없었다. 마침 김소민에 대해 이야기하고 있었고, 외삼촌의 말도 있어서 아주 난감했다. 그는 상당히 기묘한 표정을 지으면서 양해를 구하고는 밖으로 나갔다.

신발을 구겨 신고 황급하게 아파트 밖으로 나온 주혁은 황급히 통화 버튼을 눌렀다. 그리고 최대한 상냥하게 이야기했다.

"소민이구나, 안녕."

—네, 아저씨. 더 빨리 연락하려고 했는데, 일이 좀 많아서 늦었어요.

아이의 목소리는 무척 활기찼다. 듣는 주혁의 기분까지 즐거워지는 느낌이었다.

"늦었지만, 우승한 거 축하해."

—헤헤! 고마워요, 아저씨.

주혁은 자신이 지은 죄도 있고 해서 연신 너스레를 떨었다. 밝은 목소리이긴 했지만 약간 다소곳한 말투였던 김소민도 이내 정체를 드러냈다. 주혁의 말에 계속 키득대면서 수다를 떨었다.

일단 말문이 트이자 아주 편한 사이인 것처럼 스스럼없이

이야기를 나누었다. 주혁은 물론이고, 소민도 주혁에 대한 호
감을 가지고 있어서 가능한 일이었다.

─아저씨, 그래서 말이죠.

"야, 내가 왜 아저씨야? 오빠지."

주혁은 아저씨라는 호칭에 요즘 민감하게 반응했다. 대학
교에 입학해서 아저씨라고 불릴까 걱정이 되어서였다. 하지
만 소민의 생각은 달랐다.

─에이~ 아저씨 나이가 몇인데요?

"나? 스물일곱인데?"

─우와~ 저보다 열한 살이나 많잖아요. 열 살도 아니고 열
한 살이나.

소민은 열한 살이라는 단어에 힘을 꽉꽉 주어서 말했다. 하
기야 소민은 중학교 3학년이고, 자신은 대학교 졸업하고 사
회인일 나이였다. 그러니 오빠라고 부르라고 하는 것도 무리
이긴 했다.

"그래. 아저씨라고 불러라, 불러. 내가 중학생한테 오빠라
고 불려서 뭐하겠냐."

─에이, 삐진 거 아니죠?

"삐지긴. 인석아, 내가 무슨 중딩인 줄 아냐?"

주혁은 이렇게 유치한 말을 할 줄은 생각지도 못했다. 그런
데 얘기를 하다 보니 어쩐지 무척 편했다. 그리고 이내 쌍둥

이 여동생과 소민의 말투가 비슷하기 때문이라는 사실을 깨달았다.

─알았어요. 내가 나중에 대학교 들어가면 그때 오빠라고 불러줄게요.

소민은 선심이라도 쓰는 듯 이야기했다. 주혁의 입가에 미소가 그려졌다.

"그래. 고맙다, 고마워. 소민이 수고했으니까 아직까지는 아저씨인 내가 다음에 밥 한번 사줄게. 시간은 어머니하고 상의하면 되지?"

─우와, 진짜요? 나 빵 좋아해요. 웅… 그리고 피자하고 떡볶이도.

소민은 자신이 좋아하는 걸 잔뜩 이야기했다. 주혁은 어머니와 상의해서 조만간 날을 잡겠다고 하고는 통화를 끝냈다. 아파트로 들어가기 위해서 뒤를 돌아보니 정훈이 음흉한 미소를 지으면서 쳐다보고 있었다.

"뭐냐, 그 야리꾸리한 표정은?"

"아니에요. 다른 사람들한테는 비밀로 할게요."

정훈은 계속해서 히죽히죽 웃으면서 말했다. 주혁은 이리 오라고 검지를 까닥였지만, 정훈은 실실 웃으면서 뒷걸음질쳤다.

주혁은 순식간에 거리를 좁히면서 정훈의 머리를 오른팔

로 감쌌다.

정훈은 도망치려 했지만, 주혁의 날렵한 행동에 기회를 얻지 못했다. 주혁은 헤드록을 건 팔에 근육을 부풀리면서 이야기했다.

"그냥 아는 사이야, 인마. 내가 중학교 3학년하고 무슨. 원조냐?"

"아, 아, 알았어요. 아파요, 삼촌."

팔을 풀자 정훈은 울상이 되어서 손으로 머리를 이리저리 눌렀다. 로또 이야기를 하지 않아서 그 아이를 지원하고 있다는 말을 할 수 없었다. 로또에 관한 건 가능하면 말하지 않을 생각이었다.

"그런데 어떻게 알게 된 거예요?"

"내가 최근까지 좀 어려웠던 거 알지? 그때 알게 된 거야."

주혁은 소민이 연습을 하는 걸 보고 자신도 열심히 살아야겠다는 결심을 했고, 그 인연으로 알게 되었다는 이야기를 해주었다. 있던 이야기에 적당히 살을 붙이니 정훈은 굉장히 감동한 표정이었다.

"나이도 어린데 정말 열심히 사네요. 저 같으면 그 정도로 하지 못할 것 같은데. 역시 세계 무대에서 1등을 하는 사람은 뭐가 달라도 다르네요."

주혁은 나중에 소개해 주겠다고 하고는 다른 사람에게는 아직 이야기하지 말라고 신신당부했다.

정훈은 연예인 사인 두 장을 요구했고, 주혁은 이를 갈면서 제안을 받아들였다. 대신 같이 학교에 다니면서 제대로 부려 먹으리라 다짐했다.

CHAPTER **05**
아무리 노력해도 악연은 생긴다

드디어 2006년이 밝았다. 주혁은 최근 몇 년과는 사뭇 다른 감정을 느꼈다. 언제나 이때쯤에는 빠져나올 수 없는 나락에서 헤매는 힘겨운 심정이었는데, 지금은 찬란한 미래를 꿈꾸고 있으니 어찌 같을 수가 있을까.

작년 입학 원서 접수 첫날에 인터넷으로 접수했고, 입학 원서를 제외한 제출 서류도 모두 첫날에 제출해 버렸다. 캠퍼스도 구경할 겸 여기저기 돌아다녀 봤는데, 방학 때라 그런지 사람이 별로 없었다.

기온이 영하였던 탓도 있었고, 크리스마스이브에 학교에

나오는 학생이 뭐 그리 많겠는가. 주혁이 본 대부분은 서류를 접수하려는 사람이었다.

논술 시험을 치르는 날, 어차피 합격한 것이나 마찬가지여서 가벼운 마음으로 보려고 했다. 그런데 주제가 주혁 입장에서는 아주 묘한 것이었다.

다음 제시문에 담긴 '세월이 흘러감'에 대한 생각을 '욕망'과 연관시켜 분석하고 자신의 의견을 논술하시오(첫머리에 자신의 주장을 반영한 제목을 달 것. 1,800자 안팎).

' 이 문장을 보는 순간 주혁은 깊은 생각에 빠져들었다. 그에게 있어서는 참 미묘할 수 있는 주제였다. 주혁에게 있어서 세월이 흐른다는 사실은 일반인과는 전혀 달랐으니까. 그는 천천히 제시된 내용을 살폈다.

성경 문구도 있었고, 아리스토텔레스의 수사학과 화가 터치아노의 인간의 세 시기라는 그림도 있었다. 다른 학생이야 어떻는지 모르겠지만, 주혁은 한동안 생각에 잠겨 있었다.

눈을 감고 제시된 내용을 생각했다. 처음에는 제시된 문장과 그림만 떠오르다가, 점점 자신의 삶이 뒤섞여 떠올랐다. 특히나 반복해서 살았던 단 하루에 대한 기억이 생각났다. 수 없이 많은 경험이 줄지어 생각났다.

여러 내용이 서로 뭉치기도 하고 조각으로 나뉘기도 했다. 그리고 점점 원하는 내용이 하나의 완성된 모습으로 나타나기 시작했다.

눈을 감고 있었지만, 앞에는 커다란 도화지가 펼쳐져 있었고, 거기에는 자신이 생각한 대로 글자가 써졌다가 지워졌다가를 반복했다.

사실 이 문제의 출제 의도는 '나이 듦'이라는 학생들에게 익숙하지 않은 논제를 던져, 얼마나 독창적이고 깊이 있는 사고가 가능한지를 보려 한 것이었다. 물론 거기에 분석력과 응용력이 뒷받침되어야 한다는 건 두말할 필요 없는 일이겠지만.

주혁은 자신의 독특한 경험을 바탕으로 제시된 내용을 유기적으로 통합하여 하나의 독립적인 글을 완성했다. 눈앞에 있는 도화지에 문장이 완벽하게 정리되자 주혁은 눈을 번쩍 떴다. 그리고 적어나가기 시작했다.

정말로 쉬지 않고 단숨에 써내려갔는데, 워낙 특이한 모습이라 감독관 역할을 하던 교수가 곁에 와서 구경할 정도였다.

그도 그럴 것이 다른 학생은 모두 작성을 하고 있는데, 혼자 가만히 눈을 감고 있으니 눈에 띌 수밖에 없었다. 그러다 갑자기 눈을 뜨고는 글을 죽죽 써내려가니 관심이 생기지 않겠는가.

주혁에게 다가간 교수는 사학과였는데, 주혁의 글을 보다가 온통 거기에 정신을 빼앗겨 버렸다. 교수는 그 자리에서 미동도 하지 않고 계속 지켜보았다.

주혁이 글을 마치자 정신을 차린 교수는 나중에 꼭 정독을 해봐야겠다고 생각했다. 상당히 흥미로웠다. 좋은 글은 아닐지 몰라도 꽤 흡입력이 있었다. 무엇보다 발상이 아주 특이했다. 교수는 주혁의 이름을 기억해 놓았다.

논술이 끝나자 주혁은 멍한 상태에서 정신을 차렸다. 무언가 무아지경에서 논술을 치른 듯했다. 굉장히 신비로운 경험이었다는 사실은 알겠는데, 기억이 정확하게 나질 않았다. 하지만 자신이 쓴 글은 모두 기억할 수 있었다.

집에 돌아온 주혁은 다른 날보다 일찍 잠자리에 들었다. 어쩐 일인지 굉장히 피곤했기 때문이다.

다음 날 일어난 주혁은 엄청나게 상쾌하다는 느낌을 받았다. 짙은 나무 향이 가득한 숲에서 잠시 쉬었다가 일어난 기분이었다.

"일찍 자서 그런가?"

그는 오전 일과를 마치고 캐주얼한 복장으로 갈아입은 후

괴물의 촬영장으로 달려갔다. 촬영은 거의 마무리가 되었고, 사람들이 옹기종기 모여서 잡담을 나누고 있었다.

어차피 실질적인 촬영은 마무리된 상태였다. 사람들의 마음은 모두 회식 장소로 향해 있었다. 오로지 봉 감독만 다른 생각을 하고 있었다.

"아, 예산하고 배우들 스케줄만 맞으면 더 찍을 수 있을 텐데."

감독의 중얼거림을 들은 스태프들의 얼굴색이 확 변했다. 촬영 시작이 2005년 6월 29일이었는데, 촬영 종료가 2006년 1월 8일이었으니 촬영 기간만 6개월이 넘었다. 영화 촬영 기간치고는 제법 긴 셈이었다.

게다가 봉 감독의 촬영은 엄청나게 고생하는 경우가 많았다. 그러니 감독의 말만 들어도 스태프들이 경기를 일으키는 모습은 이해가 되는 일이다. 하지만 감독의 바람은 바람으로 끝날 수밖에 없었다.

배우들의 스케줄이 이미 잡혀서 어찌할 방법이 없었기 때문이었다. 감독이 마지막 촬영을 하는 사이 주혁은 사람들과 인사를 나누었다.

"닥터 강."

엑스트라 중 한 명이 주혁을 알아보고 손을 흔들었다. 반가운 얼굴들이 많아서 일일이 인사를 나누는 데만 상당한 시간이 걸렸다. 배우들과 이런저런 이야기를 나누는 사이에 촬영이 종료되었다.

"저 스태프하고도 인사 좀 하고 올게요."

주혁은 스태프를 찾아다니면서 인사를 나누었다. 그들은 정리해야 해서 바빴는데, 주혁은 일을 도와주면서 이야기를 나눴다.

"아유, 이런 거 안 해도 된다니까 그러네."

"에이, 서로 다 돕고 그러는 거죠. 제가 들어드릴 테니까 어여 가세요."

물건을 같이 들고 가면서 안부도 묻고 이런저런 이야기도 하니 사람들 표정에 모두 웃음이 돌았다. 나중에 회식 장소에 가면 어차피 다 보기는 하겠지만, 이야기를 이렇게 나누지는 못할 터이다.

그러니 지금 이렇게 얼굴도장을 찍어놓는 거였다. 그리고 사람들도 그런 주혁을 기꺼워했다. 그렇게 소품팀, 미술부, 촬영팀, 조명팀 등을 돌고 나니 사람들이 이동하려는 광경이 보였다.

미처 인사를 나누지 못한 사람들은 회식 장소에서 보기로 하고 서둘러 이동했다. 회식 장소는 근처에 있는 커다란 음식점이었는데, 통째로 빌려서 다른 손님은 보이지 않았다.

자리에 앉아 있는데 저 멀리서 손강호가 그를 불렀다. 그

자리에는 주연급 배우들과 감독, 프로듀서, 투자자와 같이 이 영화의 핵심적인 인물들이 모여 있었다.

"어이, 주혁이! 어서 일로 와."

주혁이 오자 손강호가 사람들에게 그를 소개해 주었다. 절반 정도는 알고 있었지만, 그를 모르는 사람도 절반 정도는 되었다.

"그 뭐냐, 여름에 서강대교 밑에서 찍을 때 다리 다친 적 있잖아. 어, 그때 다리 치료해 준 게 이 친구야. 바로 이 친구."

손강호의 이야기에 그를 모르던 사람도 '아' 라는 짧은 감탄사를 뱉으면서 고개를 끄덕였다. 그 이야기는 숱하게 들어서 알고 있었으니까.

"안녕하세요, 강주혁이라고 합니다."

주혁은 고개를 꾸벅 숙이면서 인사했다.

"그리고 그냥 응급 처치만 한 거지, 치료를 한 건 아닙니다."

"에~ 에~ 무슨 소리야. 내가 병원에 갔더니 잘못하면 다리 절어야 할 뻔했다고 하더만. 미리 손을 잘 써놔서 다행이라고 닥터가 그랬단 말야, 닥터가."

손강호는 주혁을 자신의 옆자리에 붙들어 앉혔다. 그는 이런 자리가 굉장히 불편했지만, 좋은 기회이니 굳이 마다할 이유는 없었다. 주혁은 주로 불판에 고기를 굽고 술을 따르는 역할을 했다.

"이번에 수능 봤지? 어떻게 됐어?"

"생각한 만큼은 나왔습니다."

봉 감독은 수능 때문에 배역을 거절한 사실을 떠올리고 질문했다. 가위로 고기를 자르던 주혁은 곧바로 대답했는데, 수능이라는 말에 사람들의 시선이 다시 주혁에게로 모였다. 그냥 보기에도 수능을 볼 나이는 아니었으니까.

"그래, 어디 지원했나?"

주혁과 안면이 있는 변 선생님이 물었다. 그 역시 활기차고 열심히 하는 연기 후배 주혁이 예뻐 보였는데, 수능을 보았다니 궁금했다.

"연희대학교 경영학과에 지원했습니다."

"어, 그래? 이거 잘하면 선후배 사이가 되겠는데?"

연희대학교 출신인 봉 감독이 깜짝 놀라면서 말했다. 그는 주혁에게 바짝 다가가면서 꼬치꼬치 캐묻기 시작했다.

연희대학교라는 말에 사람들은 더욱 주혁에게 관심을 보였다. 합격 여부를 묻는 사람들에게 주혁은 조심스럽게 붙을 것 같다고 대답했다.

"이 친구 아주 인텔리구먼그래. 거기 갈 정도면 정말 의대 다니다가 학교 다시 가는 거 아닌가?"

변 선생님은 배우들 사이에 돌아다니는 주혁에 대한 소문을 이야기했다. 의대 출신이라는 이야기를 믿지 않고 있었는데, 연희대학교 경영학과에 지원했다는 말을 들으니 정말일지도 모른다는 생각이 들었다.

"그런 건 아니구요. 그냥 사정이 있어서 조금 늦게 학교에 가게 되었습니다."

그는 겸연쩍어 하면서 이야기했다. 봉 감독은 그에게 술을 따라주면서 얘기를 붙였다. 그리고 다른 사람들도 그에게 연신 질문을 던졌다. 하지만 그런 관심도 잠깐. 곧 이야기의 화제는 다른 쪽으로 옮겨갔다.

"저는 배우들이 카메라에는 나오는데 하는 거 없이 자신이 대사할 때까지 기다려야 하는 장면. 거기서 대사를 할 때까지 그 사이를 어떻게 메우는지 신기해요."

"연극이야 일단 무대에 올라가면 모든 시간을 감당해야 하니까, 뭐."

봉 감독과 배우가 이야기를 나누고 있는 도중에 투자자 중 한 명이 감독에게 다가왔다. 감독의 옆자리에 앉은 투자자는 주혁을 가리키며 조용히 물어보았다.

"저 친구는 어떻게 아는 겁니까?"

"아, 주혁이요? 안형진 선생님이 추천해서 단역으로 출연한 친굽니다."

투자자는 안형진의 소개라는 말에 또다시 놀랐다. 사람을 잘 추천하지 않는 배우라는 사실을 그 역시 잘 알고 있었으니까. 그리고 그런 사람의 추천이라면 실력이 일정 수준 이상일 거라는 말이다.

연예 기획사의 이사인 투자자는 주혁에게 강한 흥미가 생겼다. 일단 비주얼이 좋았다. 키도 훤칠하고 몸도 좋은 데다가 마스크도 저만하면 훌륭했다. 연기력만 받쳐준다면 조연급으로 당장 써먹어도 나쁘지 않을 듯했다.

게다가 명문대 출신이 될 가능성도 있었으니 금상첨화가 아닌가. 투자자는 저런 배우라면 분명히 치고 올라갈 거라는 촉이 왔다. 그래서 봉 감독에게 넌지시 물어보았다.

"연기는 좀 어떻습니까?"

"글쎄요. 본격적인 연기를 본 건 아니라서……."

그 질문에 대답한 사람은 따로 있었다. 바로 손강호였다. 다친 사건 이후로 친해져서 간혹 연기를 봐준 적도 있었던지라 주혁의 연기에 대해 말할 정도는 되었다.

"일단 말이죠. 얼굴의 표현이 굉~ 장히 풍부합니다. 감정선도 좋구요. 그럼요, 좋죠."

손강호의 평은 칭찬 일색이었다. 물론 둘의 사이를 모르는 바는 아니지만, 그걸 염두에 두더라도 상당히 후한 평이었다.

"게다가 말입니다. 미묘한 뉘앙스를 잘 잡아내요. 저 나이때 쉽지 않은 거거든요, 그게."

술잔을 비우면서 한 말에 투자자가 고개를 끄덕였다. 그리고 어떻게든 데려다 써야겠다는 마음이 점점 강해졌다. 왜냐하면 칭찬이 그냥 의례적인 말이 아니라는 사실을 알았기 때문이다.

"아, 그리고 기가 세요. 보통 신인들은 주눅이 드는 경우가 많은데 저놈은 순하게 생겨 가지고는 무슨 기가 그렇게 센지 주눅 드는 법이 없어요. 묘한 놈이라니까요."

그 말을 들은 투자자는 확신할 수 있었다. 이 바닥에서 살아온 지가 얼마던가. 그 정도를 구분할 정도는 되었다. 의례적인 칭찬은 저렇게 구체적으로 하지 않는 법이다. 그냥 잘한다는 말만 하면 된다.

얼굴 표현이나 감정선, 뉘앙스 같은 것을 들먹일 때는 진짜 칭찬이라는 말이었다. 더구나 기가 세서 주눅 들지 않는다는 말은 어지간한 신인이 들을 수 있는 말이 아니었다. 그러니 주혁에 대한 평가는 진짜배기라는 말이다. 확실한 물건이다.

투자자는 주혁을 바라보면서 입맛을 다셨다. 하지만 바로 그에게 접근하지는 않았다. 이런 자리에서 격 떨어지게 그런 짓을 할 수는 없는 일. 오늘은 친분을 다지는 정도만 해두어도 충분하다. 아직 소속사도 없고, 단역 경험이 전부이니 갑자기 중요한 역할에 캐스팅되는 일은 없을 것이다.

'조만간 자리를 한번 마련해야겠어.'

투자자는 사람들 사이에서 밝게 웃고 있는 주혁을 바라보면서 술잔을 입에 털어 넣었다.

"아, 나는 왜 부르고 그래. 출연하지도 않는 사람을."

일정 때문에 조금 늦게 참석한 고달수는 오자마자 너스레를 떨었다. 그의 말대로 그는 실제 출연하지 않았지만, 앞으로 있을 괴물의 목소리를 담당할 예정이었다.

"선배님, 그게 무슨 말씀이세요. 선배님 분량이 제 대사보다 많아요."

주연급 여배우인 배한나가 눈을 곱게 흘기면서 얘기했다. 양궁 선수 역을 맡은 그녀의 말에 고달수는 너털웃음을 터트리면서 술잔을 들었다.

술이 몇 차례 돌자 사람들의 목소리는 점점 커졌다. 누군가 영화를 찍으면서 고생했던 이야기를 꺼냈는지 다들 그 이야기를 하고 있었다. 손강호가 다리를 다친 이야기도 나왔다.

"다시는 비 오는 신 찍지 않을 거야. 비만 봐도 아주 지긋지긋하다."

"아이구, 저는 화염병 던지는데 얼마나 뜨겁던지. 엄청 데었다니까요."

사람들은 그 당시에 고생한 생각이 나는 듯 이야기가 나올 때마다 무릎을 치거나 손뼉을 치면서 한마디씩 거들었다. 고생은 많이 했지만, 그만큼 사람들 사이의 유대감은 아주 돈독

해졌다. 마치 전장을 같이 헤쳐 온 전우 같은 느낌이랄까.

그렇게 사람들이 왁자지껄 떠드는데 뒤에서 아주 고운 목소리가 들렸다.

"안녕하세요?"

사람들의 시선이 일제히 목소리를 향했다.

"어, 세희구나. 어서 와라."

미녀 배우로 주가를 올리고 있는 민세희였다. 연기력 논란이 없는 건 아니었지만, 그나마 얼굴 되는 여배우 중에서는 안정적인 연기력을 가지고 있다는 평을 듣고 있었다.

뒤풀이인 만큼 관계자들만 참석했지만, 이런 자리에 아는 사람을 종종 부르기도 했다. 민세희도 회사 이사의 연락을 받고 온 것이었다. 이런 자리에서 인맥을 다지는 것도 연예계에서는 중요했다.

민세희는 술을 즐기는 편이었고, 분위기도 잘 맞추는 편이라 어디를 가든 환영받았다. 배한나가 활짝 웃으면서 손짓을 하자 세희는 '언니이이' 하면서 쪼르륵 달려갔다.

배한나의 입장에서는 여자가 자기 혼자였는데, 후배가 오니 무척 반가웠다. 민세희는 그녀의 옆자리에 앉았다. 민세희는 사람들에게 다시 인사를 했다.

이 회식의 중심은 바로 이 자리였다. 주요 인물이 모두 모여 있었으니까. 그런데 처음 보는 사람이 있었다. 그것도 아주 젊고 잘생긴 사람이. 외모로만 보면 배우인 것 같았는데, 자신이 아는 한 주연급 배우 중에 저런 사람은 없었다.

아니, 이 영화에 한정된 것이 아니라 자신이 아는 배우 리스트에 저런 사람은 존재하지 않았다. 그녀는 팔꿈치로 배한나의 옆구리를 툭툭 쳤다.

"언니, 저분은?"

"아, 주혁 씨. 출연했던 배우야. 나랑 동갑."

배한나는 그가 이 자리에 있는 이유를 간단하게 설명해 주었다. 이야기를 듣고 나니 이해는 되었다. 큰 부상이 될 수도 있었던 걸 막아 주었으니, 연예계에서 힘 있는 사람들에게 얼굴도장이라도 찍으라는 손강호의 배려일 터였다.

"안녕하세요, 민세희라고 해요. 저보다 세 살 위니까 오빠라고 부를게요."

"예. 저는 강주혁이라고 합니다."

민세희는 생글생글 웃으면서 주혁에게 인사했다.

주혁은 유명한 배우가 자신에게 인사를 해오자 다소 얼떨떨했다. 대뜸 오빠라고 부른다니 멋쩍기는 했지만, 기분이 나쁘지는 않았다.

둘은 자리가 조금 떨어져 있어서 별다른 이야기를 나누지는 못했는데, 민세희는 주혁이 이번에 수능을 보고 연희대학교에 지원했다는 말에 솔직하게 깜짝 놀랐다.

명문대 출신 배우가 아예 없는 건 아니었지만, 지금은 그런 사람을 찾아보기 어려웠다. 그런데 단역 배우를 하는 와중에 수능을 봐서 연희대학교에 들어간다니. 그 이야기를 들으니 사람이 달라 보였다.

그리고 그런 점이 아니더라도 상당히 매력적인 사람이었다. 외모부터 사람들이 호감을 느낄 만했다.

'그러고 보니, 굉장히 어려운 자리일 텐데 전혀 움츠러들지 않네.'

세희는 눈을 반짝이면서 주혁을 쳐다보았다. 보통 신인이 이런 자리에 오면 주눅이 들게 마련이다. 왜 그러지 않겠는가. 대부분 까마득한 선배이거나 만날 수도 없는 높은 위치에 있는 사람들이 가득했으니.

기업 회식에서 신입 사원이 임원 자리에 섞여 있는 것과 마찬가지다. 상상만 해도 끔찍하지 않겠는가. 그런데도 주혁은 전혀 위축되지 않았다. 마치 이런 자리에 당연히 있을 만한 사람이라는 듯 자연스럽게 분위기에 녹아 있었다.

민세희는 대화에 참여하면서도 계속해서 주혁을 주목했다. 그리고 점점 그가 매력 덩어리라는 사실을 알게 되었다. 그리고 그렇게 생각하는 사람이 자신만이 아니라는 사실도.

"그때 기억나? 왜, 눈이 안 와서 밑에다가 소금 뿌리고 촬영했을 때 말이야."

"마지막 장면 말이죠? 눈 대신 빵가루 뿌렸던."

배우들은 여전히 촬영 얘기가 한창이었다. 주혁은 이야기를 들으면서 고기를 자르고 있었다. 그러다가 빈 술잔이 보여 술을 따랐는데, 그 배우가 주혁을 보더니 이야기를 걸었다.

"맞아. 자네 내가 배역 하나 추천해 줄까? 자네하고 잘 맞을 것 같은 역이 있던데."

주혁은 술잔을 채우고는 빙긋 웃으면서 대답했다.

"말씀은 감사합니다만, 학교에 다닐 거라서 방학 때가 아니면 아무래도 어려울 것 같네요."

"아, 맞다. 이번에 대학교에 들어간다고 했지."

여기까지야 별다를 것 없는 광경이었다. 잘하는 후배가 있으면 소개를 해주는 일이 드문 것은 아니었으니까. 민세희가 흥미롭게 본 것은 그다음 광경이었다.

"방학이 언제부터지?"

"7, 8월이라고 알고 있습니다."

주혁의 대답에 몇 사람이 갑자기 생각에 잠겼다. 민세희는 그 광경을 보고는 소름이 쫙 돋았다. 그들이 무슨 생각을 하는지 알 수 있었기 때문이다.

'뭐야, 저 단역 한 명 일정 때문에 지금 여기에 있는 사람들이 고민하는 거야?'

아마도 사람들은 의식하지 못하고 있는 것 같았다. 그냥 자연스럽게 생각에 잠긴 표정이었다. 이건 마치 9급 공무원 일정 때문에 장·차관들이 고민하는 꼴이었다. 말도 안 되는 일이었다.

사람들이 주혁을 어떻게 생각하고 있는지 알 수 있는 모습이었다. 지금 생각에 빠진 사람들은 어떻게든 주혁을 챙겨주고 싶어 했다.

그것이 신세를 진 손강호 한 명이라면 그럴 수도 있다. 하지만 그를 포함해 변 선생님, 봉 감독 등 대여섯 명이 동시에 그리되었으니 놀라운 일이 아닐 수 없었다.

도대체 촬영장에서 어떻게 했기에 사람들이 주혁이라는 사람을 저렇게 철석같이 믿고 있는지 신기했다. 그리고 그것은 이 자리에 있는 사람뿐이 아니었다.

지나가던 연출부 스태프 한 명이 그 이야기를 들었다. 그는 자기 자리로 돌아가더니 스태프들과 이야기를 나누었다. 민세희는 그 자리와 멀리 떨어져 있지 않아서 그들이 하는 이야기를 들을 수 있었다. 물론 술 때문에 목소리가 커진 덕도 있었지만.

"야, 올해 여름에 촬영 있는 작품이 뭐 있지?"

"다짜고짜 그게 무슨 소리야."

연출부 스태프는 주혁의 이야기를 했다. 그러자 사람들이 갑자기 어수선해졌다. 어딘가에 전화를 하는 사람도 있었고,

멀리 떨어져 있는 다른 스태프에게 무언가를 물어보는 사람
도 있었다.

"식객이 8월부터 들어간다는 것 같던데."

"아무래도 주몽이 좋지 않겠어? 거기 단역이 많이 쓰니
까."

민세희는 주혁이 정말 대단해 보였다. 사람들이 저렇게 나
서서 챙겨줄 정도로 믿음을 얻는다는 건 결코 쉬운 일이 아니
다. 그녀는 주혁에 대해서 자세히 알아봐야겠다고 다짐했다.
눈빛을 빛내면서 주혁의 옆자리로 옮기려고 했지만, 찾아온
손님이 있어서 뜻을 이루지 못했다.

"어? 태영아, 어서 와라."

새로 온 사람을 보고 민세희의 표정이 굳어졌다. 최근 자신
에게 집적거리고 있는 이태영이 왔기 때문이다. 오늘도 자신
이 여기에 왔다는 소식을 듣고 왔을 것이다. 이태영은 사람들
에 인사하더니 민세희의 뒤로 다가왔다.

"세희도 있구나."

그는 세희의 어깨에 손을 얹으면서 이야기했다.

"예, 선배님 오셨어요."

그녀는 무척이나 껄끄러웠지만, 밝은 얼굴로 인사했다. 연
예계에서 지내오면서 어디 불편한 경험을 한 적이 한두 번이
던가. 그런 상황에서 대놓고 불쾌한 표정을 지을 정도로 민세

희는 어리석지 않았다.

다행인 점은 세희의 옆자리에 앉은 사람들이 이태영이 함부로 대하기 어려운 사람이라는 점이었다. 자신의 회사 이사이자 거물 투자자인 황민재 이사에게 무어라 할 수는 없을 테니까. 그리고 여배우인 배한나 역시 그가 뭐라고 말하기 어려운 사람이었다.

그가 제아무리 잘나가는 스타라고 해도, 이 자리에는 그보다 훨씬 더 강한 파워를 가진 사람들이 수두룩했다. 만약 별볼 일 없는 사람이 앉아 있었다면, 당장 자리를 비키라고 했을 것이다. 이태영이라면 그러고도 남을 놈이었다.

술자리는 계속되었다. 민세희는 눈치를 보다가 주혁의 옆자리로 자리를 옮겼다. 이태영이 그 광경을 보았지만, 옆 사람이 붙잡고 있어서 일어날 수가 없었다. 민세희는 절호의 기회를 놓치지 않고 주혁과 많은 이야기를 나누었다.

"오빠는 공부 잘했나 봐. 배우를 하면서도 수능 봐서 연희대학교를 가고."

"운이 좋았던 거지, 뭐."

민세희가 워낙 붙임성이 좋다 보니 주혁도 편하게 그녀를 대했다. 그리고 이야기를 할수록 민세희는 주혁의 매력을 알수 있었다.

연예계의 사람 중에는 별사람이 다 있다. 정말 재미있고 유쾌한 사람, 포스가 강한 사람. 그런데 주혁은 조금 달랐다. 아주 편했다. 이야기를 얼마 하지도 않았는데, 10년 넘게 알고 지낸 사람 같은 기분이 들었다.

배우 생활을 하면서 겉으로 웃은 적은 많아도, 마음마저 웃은 적은 별로 없었다. 정말 마음을 터놓고 지내는 친한 사람 몇 명을 제외하고는 그러기 어려운 곳이 이 바닥이다. 그런데 이야기를 시작한 지 채 몇 분도 되지 않아 무장 해제를 당하는 느낌이 들었다.

세 살이 많으니 자기와 같은 또래라고 보아야 했는데, 어쩐 일인지 중견 배우의 느낌도 들었다. 그렇다고 그런 느낌만 있느냐 하면, 그건 또 아니었다. 또래가 가지는 패기 있고 밝은 에너지도 있었다.

민세희는 술잔을 권하고는 뒤돌아서 주혁 모르게 안도의 한숨을 내쉬었다. 자신도 모르게 속에 감추어두었던 이야기를 할 뻔했는데, 겨우 정신을 차리고 멈출 수 있었다. 원래를 잠깐 이야기를 하고 다시 제자리로 돌아갈 생각이었는데, 계속 있고 싶어졌다.

주혁과 이야기를 하니 봄날에 따사로운 햇볕이 내리쬐는 정원에서 만발한 꽃과 풀들의 싱그러운 내음을 맡으면서 산책하는 기분이었다. 만약 방해꾼이 없었더라면 끝도 없는 이야기를 나누었을지도 모르는 일이었다.

하지만 둘의 이야기는 한 사람의 훼방꾼이 나타나는 바람에 중단되었다. 이태영이 비틀거리면 다가와서는 둘 사이에 끼어들었다.

"어이, 우리 세희이이."

술이 좀 과했는지 걸음도 비틀거렸고, 혀도 조금 꼬인 상태였다. 다가오는 이태영의 눈동자가 민세희에게 고정되어 있었다. 주혁은 술을 제법 마셨지만, 정신은 또렷했다. 그래서 이태영의 눈동자에 뜨거운 욕망이 자리 잡고 있는 것을 보았다. 그리고 민세희의 표정이 살짝 굳어지는 것도 알 수 있었다.

무슨 상황인지는 뻔했다. 주혁은 이태영이 문제를 일으킬 수도 있다는 생각이 들어서, 최대한 자연스럽게 해결해야겠다고 판단했다.

"야, 너 일어나 봐."

이태영은 주혁을 지목하면서 말했다. 그사이에도 조금 비틀거리는 폼이 이대로 두어서는 안 될 듯했다. 안 그래도 이미 이태영의 매니저가 이리로 달려오고 있었다.

주혁은 일어나서 이태영의 팔꿈치 윗부분을 꽉 잡았다. 이태영이 그를 뿌리치려고 몸부림을 쳤지만, 주혁의 완력을 당하지는 못했다.

"술이 좀 되신 것 같은데 바람이나 쐬시죠, 선배님."

주혁은 달려온 이태영의 매니저와 함께 그를 데리고 밖으로 나갔다.

"뭐야. 이거 안 놔?"

이태영은 당황해서 힘을 써보았지만, 어찌 된 일인지 옴짝 달싹할 수 없었다. 끌려 나가는 내내 주혁을 뿌리치려 했지만, 상대의 힘이 너무 강해서 도저히 어찌할 수가 없었다. 거기다 매니저까지 힘을 더하니 속절없이 끌려갔다.

하지만 다른 사람이 보기에는 그저 주혁이 이태영을 부축하고 걸어가는 것같이 보였다. 주혁은 지금 상황에서 이태영과 말을 섞어봐야 시끄러워질 것으로 생각하고, 이 방법을 선택했다. 그것이 태영을 위해서도 좋을 터이다.

태영의 매니저도 비슷한 생각이었나 보다. 황급히 다가오더니 주혁에게 가볍게 인사를 하고는 태영을 옮기는 것을 적극적으로 도왔다. 매니저가 하는 양을 보니 일단 밖으로 데려가면 알아서 챙길 듯했다.

"형, 많이 취했어요."

매니저가 말을 하지 않아도 자신이 취했다는 건 알고 있었다. 그가 열이 받은 것은 민세희가 아주 환하게 웃고 있다는 사실이었다. 자신에게는 한 번도 그런 미소를 지어주지 않았는데, 이름도 들어보지 못한 놈에게 그런 모습을 보여주고 있어서 열불이 치밀었다.

요즘 들어 자신의 연락에 답변이 늦거나 하지 않는 것이 모두 저 녀석 때문인가 하는 생각이 들었다. 그래서 둘 사이를 방해하려고 간 것인데, 오히려 이렇게 되었으니 있는 대로 짜증이 났다.

이태영이 더욱 화가 치밀어 오르는 사실은 힘으로 제압당했다는 점이었다. 남자가 자신이 좋아하는 여자 앞에서 옴짝달싹하지 못하고 개 끌려가듯 그리되었으니 못 견디게 수치스러웠다.

"형, 여기 잠깐 앉아서 쉬세요."

원래는 주혁에게 달려들 작정이었다. 기껏해야 무명의 단역 배우라는데 몇 대 쥐어박아도 별 탈은 없으리라 생각해서였다. 그런데 매니저가 들러붙어 한사코 이태영을 놓아주지 않았다. 그리고 주혁은 그사이에 가벼운 묵례를 하고는 안으로 들어갔다.

"놔, 이 새끼야!"

이태영은 매니저를 뿌리치고 의자에 털썩 기댔다. 차가운 공기가 폐로 들어가니 머리가 좀 식는 느낌이었다. 술이 깨니 갑자기 주혁이 잡은 부분이 욱신거린다는 사실을 깨달았다. 이태영은 어깨와 팔꿈치 사이를 주물렀다.

"씨벌! 졸라 아프네."

태영은 투덜거리면서 자신에게 이런 모욕감을 안겨준 주혁이라는 놈에 대해서 생각하기 시작했다. 솔직히 말해서 엄청나게 쪽팔렸다. 하지만 지금 들어가서 난리를 부릴 수는 없었다. 자신이 감당할 수 없는 사람들이 수두룩했으니까.

"그래. 너 이 새끼, 이 바닥에서 나 만나지 않고 지낼 수 있나 보자."

언젠가는 혼을 내줄 기회가 있으리라 여겼다. 자신은 톱스타였으니까 저따위 녀석 물을 먹이려면 방법은 많으니 급하게 생각할 필요는 없다고 여겼다.

태영은 입가가 묘하게 일그러지고 눈매가 매섭게 변했다. 하지만 이미 음식점 안으로 들어간 주혁은 그런 사실을 알지 못했다.

안은 여전히 시끌벅적했다. 주혁은 다시 민세희의 옆자리에 앉았는데, 세희는 호들갑을 떨면서 그를 반겨주었다.

"와! 오빠 힘 좋네."

그녀는 주혁의 알통을 쿡쿡 찌르면서 말했다. 생글생글 웃는 그녀의 얼굴에는 장난기가 가득했다. 그녀는 주혁이 정말 멋져 보였다.

앉아 있을 때는 몰랐는데, 일어서니 키가 훤칠했다. 배우가 아니라 모델을 보는 듯했다. 그냥 청바지에 티를 입고 있을 뿐인데도 화보를 보는 느낌이었다.

그리고 다른 사람은 보지 못했겠지만, 그녀는 처음부터 끝까지 정확하게 보고 있었다. 태영을 힘으로 제압해서 꼼짝 못하게 하는 광경을. 그리고 태영이 몸부림을 칠 때, 주혁의 팔 근육이 부풀어 오르는 모습도.

"이태영 씨하고는 잘 아는 사이야?"

"잘 알긴. 요즘 은근히 찝쩍대는 사람이야."

세희는 약간 새침한 표정으로 코웃음 쳤다. 인기가 있으면 안하무인이 되는 배우들이 가끔 있었는데, 세희는 그런 사람을 보면 세상에 둘도 없는 멍청이라며 혀를 찼다. 그런 행동은 자기 목을 조르는 짓이나 마찬가지다.

바로 그 멍청이가 이태영이었다. 자신이 보기에는 정말 운이 좋아서 뜬 사람이다.

그저 조금 잘생긴 얼굴에 기가 막힌 배역을 받아서 스타가 되었는데, 자기 분수를 모르고 날뛰고 있었다. 거기다가 여자관계도 복잡하다는 소문이 있었다.

태영이라는 반찬이 생기자 이야기꽃이 더욱 만발하게 피었다. 주혁과 세희는 시간 가는 줄도 모르고 이야기에 빠져들었다. 이야기는 장르를 바꾸어가며 돌아갔고, 주혁은 미스터 K에게 들은 이야기도 조금 풀어놓았다.

"혹시 그거 알아? 백작가하고 황실하고 사이가 좋지 않다는 거."

"어머, 그래요?"

둘은 화기애애하게 이야기를 이어나갔는데, 그 모습을 유심히 지켜보고 있는 사람이 있었다. 바로 아까부터 계속 주혁에게 관심을 보였던 세희 소속사의 황민재 이사였다.

그는 프로듀서인 노상필과 이야기를 나누고 있었는데, 노상필은 그와 죽이 잘 맞아서 가끔 따로 술을 마시기도 했다.

"태영이는 왜 또 술을 그렇게 마셔서. 쯧쯧."

"얻어걸린 녀석이 기고만장해 있으니 오래가기는 글렀어요."

둘의 의견은 비슷했다. 이태영은 연기력으로 빛을 본 배우가 아니었다. 배역이 좋아서 벼락 스타가 된 녀석인데, 연기력은 수준 이하라서 여기까지가 한계라고 보고 있었다.

"이번에 괜찮은 물건 좀 있어? 봐둔 물건 있으면 털어놔봐."

"이거 너무 공짜로 드시려는 거 아녜요? 그러다가 대머리 됩니다."

"대머리 돼도 좋으니까 얘기나 해봐. 요즘 가발도 좋은 거 많아서 상관없어."

황민재는 농담이 아니라 좋은 배우만 얻을 수 있다면 대머리가 되어도 좋다는 생각을 하고 있었다. 노상필은 빙글빙글 웃으면서 이야기를 시작했다.

"저기 저놈 보이시죠? 파란색 옷 옆에."

"파란색? 파란색! 아, 오케이."

노상필 프로듀서는 자신이 손가락으로 가리킨 배우에 관해서 이야기하기 시작했다.

"윤지문이라고 하는데 괴물에서 노숙자 역을 했어요. 저는 처음에 진짜 노숙자를 데려온 줄 알았다니까요."

그만큼 배역을 잘 소화했고, 상황 속에 녹아들었다는 말이었다. 프로듀서는 윤지문이 악역에 기가 막히게 잘 어울릴 것 같다는 말을 했다. 자기 판단에는 악역에 딱 맞는 마스크라는 거였다. 게다가 카리스마도 보이니 분명 그 방면으로 역을 받으면 빛을 볼 거라고 했다.

"그럼 저 녀석은 어때?"

"누구요?"

"저기 저 세희 옆에 앉아 있는 녀석."

황민재의 지적에 노상필의 표정이 일그러졌다.

"이런, 저 녀석은 말하지 않으려고 했는데. 밑천 다 빼가시려고 하면 어떻게 해요."

"역시 보는 눈은 비슷한가 보네."

황민재는 킥킥대며 웃었다. 그리고 어서 말을 하라고 재촉했다. 노상필은 입맛을 다시다가 입을 열었다.

"일단 묘한 놈이에요. 나이답지 않게 내공이 제법이에요. 경력을 보면 별다를 게 없는데, 이 바닥에서 한 10년은 굴러먹은 놈 같아요."

노상필은 정말 주혁은 이야기하기 싫었다. 몰래 숨겨둔 맛 있는 음식 같은 존재였다. 자신도 아주 작긴 하지만 연예 기획사를 하고 있으니 나중에 혼자 차지하려고 했었다.

작은 곳일수록 슈퍼스타가 될 재목을 데려다 키워야 한다. 벌써 눈독을 들이는 사람이 생겼으니 안타까웠다. 아무래도 쉽지 않을 듯했다.

"하긴 아까 태영이 내보내는 거 보니까 상황 판단이 빠르고 결단력도 있어 보여. 그 나이답지 않게."

"확실히 그래요. 거기서야 조용히 바람 쐬도록 하는 거 이상 있었겠어요?"

둘은 주혁의 상황 대처 능력이 좋았다고 평했다. 그들이 보기에도 안에서 옥신각신하는 것보다 전체 분위기 흐리지 않게 재빨리 밖으로 데려나간 건 잘한 일이라고 보였다. 그리고 주혁에 대한 노상필 프로듀서의 평은 계속되었다.

"키 좋고, 몸 좋고. 저 녀석 호리호리해 보이지만 몸이 장난 아닙니다. 물에 빠지는 역이었는데, 밖으로 나와서 웃통을 벗는데 완전 난리가 났어요. 나중에 여자 스태프들이 저 녀석 물에서 나오기만 기다렸다니까요."

노상필은 여태까지 남자의 몸을 보고 그렇게 탐났던 적이 없었다고 이야기했다. 주혁의 근육을 보고 있으면 다비드상을 보는 느낌이 든다면서.

"하긴 배우라기보다 모델 같다는 느낌이 좀 들어."

"어이구, 그런 말씀 하지 마세요. 저 녀석은 천생 배우예요, 배우."

주혁은 표정이 풍부해 연기가 제격이라고 평했다. 그리고 선악이 공존하는 얼굴이라는 점도 굉장한 장점이라고 덧붙였다. 노상필은 현장에서 송강호가 주혁의 연기를 봐주는 장면을 보았는데, 보자마자 감이 딱 왔다.

"저놈은 되기만 하면 크게 될 놈이에요. 주인공도 가능하고 악역도 가능한 얼굴이니까 스펙트럼이 넓어요. 거기다가 감정선이나 딕션도 좋고요."

상필의 이야기에 황민재는 고개를 끄덕이면서 묵묵히 술잔을 기울였다. 황민재가 무슨 생각을 하는지 잘 알았지만, 상필은 자신도 포기하지 않겠다고 다짐했다.

이 상황을 알지 못하는 주혁은 세희와 깔깔대면서 이야기를 하고 있었고, 그런 모습을 멀리서 이태영이 날카로운 눈으로 노려보고 있었다.

같은 상황이었지만, 사람들이 주혁에게 느끼는 감정은 제각각이었다.

*　　　*　　　*

"아저씨, 오늘 뭐 사줄 거예요?"

소민은 주혁의 팔에 매달려서 팔짝팔짝 뛰었다. 소민의 어머니와 연락을 해서 점심 약속을 잡은 것이 바로 오늘이었다. 처음 통화를 한 날 이후로 자주는 아니었지만 종종 통화해서인지 소민은 주혁을 굉장히 친근하게 여겼다.

"피자 먹으러 갈 거야."

"피자? 우와~"

소민은 손을 번쩍 들고 소리를 지르다가 슬그머니 어머니의 눈치를 보았다. 피자는 시합을 앞두고는 절대로 먹어서는 안 되는 음식 중 하나였다. 대회가 3월에 있으니 음식을 조절하는 중이어서 어머니의 눈치를 본 것이었다.

"내가 먹어도 되는 피자로 준비했으니까 괜찮아."

주혁의 말에 어머니는 고개를 끄덕였다. 그녀도 처음에는 피자라고 해서 난색을 보였었다. 하지만 주혁이 자세히 설명하자 승낙할 수밖에 없었다. 그리고 나이도 어린데 어떻게 그리도 생각이 깊은지 감탄했다.

소민은 굉장히 들떠 있었다. 주혁의 자동차로 이동하는 내내 흥얼거리면서 어깨춤을 추었다. 이럴 때 보면 중학교 3학년이라는 말이 실감 났다.

"피~ 자~ 피이~ 자아~"

소민은 정체를 알 수 없는 노래를 흥얼거렸고, 덕분에 주혁과 어머니는 피자 가게에 도착하기 전까지 내내 웃을 수 있었다.

주혁이 모녀를 데리고 간 곳은 수제 화덕 피자를 하는 곳이었다. 피자 가게라기보다는 이탈리안 레스토랑이라고 하는 편이 더 정확했다.

기왕이면 소민이가 좋아하는 음식을 사주고 싶었다. 그래서 고른 것이 바로 피자였다. 하지만 일반적인 피자는 곤란했다. 그래서 수소문 끝에 이 집을 찾아냈다. 이 레스토랑의 주인은 이탈리아에서 음식 공부를 하고 온 사람이었다.

이곳 메뉴 중에는 화덕 피자가 있었다. 고온의 화덕에서 구워내는 나폴리식 수제 피자였는데, 주혁이 사정을 이야기하자 주인은 흔쾌히 제안을 받아들였다. 기존의 메뉴를 약간 변형시켜 소민만을 위한 피자를 만들어주기로 한 것이다.

가게에는 손님이 몇 명 있었는데, 주혁 일행이 들어오자 주인이 직접 일행을 맞이했다.

"이쪽으로 오시지요. 바로 준비를 하겠습니다."

주인은 미리 예약해 놓은 방으로 일행을 안내했다. 아무래도 그러는 편이 이야기하기가 편할 듯해서였다. 안내한 곳으로 가니 이미 정갈하게 세팅이 되어 있었다.

"우와~ 여기 되게 비싼 데 아니에요?"

"음식 잘하는 곳이래."

주혁은 소민이라면 이곳보다 훨씬 비싼 곳이라도 원하기만 하면 데려갈 의향이 있었다. 이 아이가 얼마나 대단한 일을 했는가. 한 끼 대접하는 거야 얼마든지 해줄 수 있었다.

소민은 이런 레스토랑이 처음인 듯했다. 그녀는 일어서서 이탈리아 분위기를 풍기는 여러 물건을 집어 들고 구경했는데, 누군가가 들어오자 재빨리 물건을 제자리에 놓더니 쪼르르 달려와서 자리에 앉았다.

주인이 직접 카트를 밀고 들어왔다. 그는 카트에서 음식을 하나씩 자리에 놓았다. 그가 놓은 음식은 피자와 샐러드였는데, 모두 소민을 위해서 특별히 만든 음식이었다.

"김소민 선수를 위한 연어 샐러드와 나폴리식 피자입니다. 연어 샐러드는 저칼로리 드레싱을 곁들였고, 피자는 바질과 고구마를 사용해서 만들어보았습니다."

소민은 자신을 위해서 만든 음식이라는 말에 눈이 동그래졌다. 이곳의 주인인 셰프도 김소민 선수를 잘 알고 있었다. 그는 오히려 이렇게 장한 선수를 위해서 자신이 요리를 대접할 수 있다니 영광이라는 말까지 했다.

특별히 칼로리와 영양소에 신경을 써서 만든 음식이었다. 향과 형태 모두 환상적이었다. 김소민은 나지막이 탄성을 내뱉었다.

"우와, 맛있겠다!"

피자는 겉면이 아주 바삭바삭했다. 하지만 안은 쫄깃쫄깃하고 재료들의 식감이 살아 있었다. 연어 샐러드 역시 입에 착착 감기는 맛이었다. 소민은 아무 말도 하지 않고 음식을 입에 넣고 오물거렸다.

"맛있니?"

"에, 마이떠여."

주혁의 물음에 소민은 활짝 웃으면서 대답했는데, 입에 음식이 잔뜩 있어서 발음이 이상했다. 하지만 주혁과 어머니는 흐뭇한 표정으로 그런 소민을 바라보았다.

식사를 어느 정도 하자 주혁은 평소에 궁금하게 생각했던 것들을 물어보았다. 주로 소민의 훈련과 관련된 내용이었다. 들어보니 생각했던 것보다 안무가가 굉장히 중요하다는 사실을 알 수 있었다.

"워낙 비싸서 제대로 된 안무가는 쓰지도 못해요. 우웅, 맛있어."

소민은 연어를 한 점 입에 넣고 오물오물 씹으면서 이야기했다. 주혁은 자신이 지원하고 있지만, 아직도 부족한 점이 많다는 사실을 알게 되었다.

"정말 제대로 하려면 한두 푼 가지고 될 일이 아니구나."

"그래도 덕분에 숨통이 트였어요. 우승을 하고 나니 스폰서를 하겠다고 연락이 오는 곳도 있고요."

어머니는 주혁에게 그 당시가 가장 힘들었는데 정말 큰 도움이 되었다면서 다시 한 번 감사의 뜻을 표했다. 사실 지금 더 큰 금액을 대겠다고 연락하는 회사도 있었지만, 그들보다 주혁이 훨씬 고마웠다.

지금 돈을 들고 오는 사람들이야 소민이의 상품성을 보고 계약을 하려는 것이었기에 당연히 이런저런 조건이 있었다. 그런데 주혁은 달랐다. 정말 소민이를 위하는 순수한 마음에서 지원해 주었다. 어찌 다른 사람들과 같을 수 있겠는가.

"그럼 이제 훈련하는 데 걱정은 없겠군요."

"그게……."

당연히 문제가 없을 거로 생각했는데, 그것이 아니었던 모양이었다. 소민의 어머니는 잠시 머뭇거리면서 말하기를 꺼렸다. 소민도 갑자기 표정이 어두워졌다.

"편하게 얘기해 보세요. 제가 도움이 될지도 모르니까요."

어머니는 주혁의 말을 듣고도 한참을 망설였다. 그러다가 어렵사리 말문을 열었다.

"어차피 아셔야 할 것 같으니까 말씀드릴게요."

어머니의 말은 이랬다. 소민이 우승을 하자 여러 그룹으로부터 연락이 왔고, 그중에는 MH 그룹도 포함되어 있었다. 백작 가문이자 재벌인 조씨 가문 소유의 MH 그룹에서 전속 계약을 하고 싶다는 것이었다.

"처음에는 정중하게 거절했어요. 조건이 너무 좋지 않더라고요. 그런데 그 후로 갑자기 많던 연락이 뚝 끊긴 거예요."

광고나 모든 일정을 자신들과 상의해야 한다고 했단다. 그리고 무엇 하나 선수나 가족의 생각대로 할 수 있는 것이 없었다. 그러면서 세계 대회에서 일정 순위 이하로 떨어지면 계약을 해지한다는 내용까지 있었다. 도저히 받아들이기 어려운 조건이었다.

그런데 소민의 아버지가 하는 회사로도 은근히 압력이 가해졌다고 했다. 그래서 지금 어쩔 수 없이 계약을 고민하는 중이라고 했다. 주혁은 짜증이 확 치밀어 올랐다. 있는 놈이 하는 짓거리가 그따위인데 화가 나지 않을 수 있겠는가.

사실 소민이 유명해지기 전에 협회에서 MH 그룹이나 다른 재벌 그룹에도 한두 번씩은 지원을 부탁했었다. 하지만 만나기조차 쉽지 않았다. 그렇게 고생할 때는 이야기를 해도 아는 체도 하지 않고 있다가, 돈이 좀 될 것 같을 가능성이 보이니까 덤벼드는 꼴이라니.

"그래서 어떻게 하실 생각이세요?"

"그게……."

눈치를 보아하니 MH 그룹과 계약을 하려는 듯했다. 하기야 일개 스포츠 선수와 그 가족이 재벌의 위세를 감당한다는 게 가당키나 한 말이던가.

그것은 주혁도 마찬가지였다. 그 역시 MH 그룹과 척을 지는 것은 꺼려지는 일이었다. 하지만 그들이 하는 짓거리는 마음에 들지 않았다. 주혁은 잠시 고민하다가 결심을 굳혔다.

'그래, 누구 눈치 보면서 살지 말자고 했잖아. 정 안 되면 동전 쓰지, 뭐.'

주혁은 걱정스러운 표정을 한 두 사람을 향해 밝게 웃었다.

"이렇게 하시죠. 일단 제 핑계를 대세요."

"아니, 어떻게 하시려고……."

"아저씨, 안 돼요!"

어머니는 깜짝 놀랐고, 소민은 벌떡 일어나면서 소리를 빽 질렀다. 주혁은 손을 들어서 두 사람을 진정시켰다. 당연히 놀랄 것으로 예상하고 있었다. 사실 자신도 조금 불안한 생각이 들긴 했다.

재벌가가 점찍어놓고 진행하는 일에 재를 뿌릴 생각이었으니, 마음이 편안하다고 한다면 그건 거짓일 터였다. 하지만 믿는 구석이 있었다. 그래서 하는 데까지는 해보고 접더라도 접을 작정이었다.

그러지 않는다면 자신이 새로운 인생을 살아가는 의미가 없다고 생각했다. 상식적으로 생각한다면 굳이 나서지 않는 편이 당연할 것이다. 그러나 주혁은 나서기로 했다. 왜냐하면, 그러고 싶었으니까.

"방법이 다 있으니까 제가 일러주는 대로 하세요."

머리를 굴리다보니 생각난 것이었는데, 아마도 효과가 있을 듯했다. 그렇게 하면 시간을 벌 수 있을 터이고, 그사이에 다른 사람을 움직여 문제를 해결할 작정이었다.

만약 생각대로 되지 않으면? 그럼 그때 포기하면 된다. 주혁은 생각할수록 흥미진진하겠다는 느낌이 팍팍 왔다. 몸에서 아드레날린이 퐁퐁 분비되는 느낌이었다. 불안한 생각은 있지만, 그만큼 흥분되기도 했다.

그는 미스터 K에게서 들은 이야기를 다시 떠올렸다. 황실과 백작가가 사이가 좋지 않다는 정보였다. 보통 사람들은 잘 모르는 이야기이다. 일반적으로 황실과 귀족 가문 사이는 각별하다고 알려졌으니까.

그러나 미스터 K는 정보 계통에서는 아주 특별한 위치에 있는 사람이다. 그의 정보가 틀릴 리는 없다. 그리고 그냥 좋지 않은 정도가 아니라, 상당히 틀어진 관계라고 했다. 그러니 그 점을 활용한다면 뜻밖에 쉽게 해결이 될 수도 있을 터이다.

"그 문제는 저한테 일임하시고, 그거 말고 다른 문제는 없나요?"

"예. 뭐. 그거 말고는 그렇게까지……."

"음… 음……."

주혁은 소민이가 말을 하지 못하고 망설이는 것을 보고 뭔가 얘기하고 싶은 게 있다는 걸 알아챘다. 그는 가만히 소민을 쳐다보았다. 그러자 소민이 손을 배배 꼬더니 말을 했다.

"인터넷에서……."

"인터넷에서 뭐?"

"안 좋은 얘기가……."

주혁은 조금 유명해지니 벌써 악플을 다는 사람이 생겼다는 사실을 알 수 있었다. 살살 달래서 물어보니 외모와 관련해서 비하하는 글이 있다고 했다. 특히 치아교정기와 관련해서 글이 많았단다.

아직 어린 학생이니 그런 글에 더 큰 충격을 받았을 터이다. 주혁은 이런 문제에 상당한 지식을 가지고 있었다. 말하기 참 그렇지만, 그는 분명히 스타가 될 거로 확신했다. 그래서 스타로 사는 생활도 중요하게 생각했다.

당연히 일반인의 생활과는 전혀 다른 일상일 터이고, 유지 관리를 잘하려면 미리 준비해야 할 일들이 있다고 판단했다. 악플 대처법도 그가 13년 동안 지내면서 준비한 것 중 하나였다.

"소민아, 그런 글 보면 화나지?"

"예."

소민이는 시무룩하게 대답했다. 자신을 깎아내리고 헐뜯는 글에 기분이 좋을 사람이 어디 있겠는가. 중학교 3학년 아이라면 상처는 더욱 클 터이다.

"그 글을 쓴 사람이 진짜 이야기하고 싶어 하는 게 뭔지 생각해 봐. 그러면 잘 대처할 수 있을 거야."

주혁은 소민에게 정말 너의 잘못을 이야기하는 것인지, 아니면 다른 이야기를 하고 싶은 것인지를 판단해 보라고 했다.

그 이야기를 듣고 곰곰이 생각하던 소민은 얼굴이 확 밝아졌다. 그 모습을 보고 주혁은 무척 놀랐다.

'정말 영특한 아이네. 저렇게 똑똑하니까 운동도 잘하는 거겠지.'

이야기해 주었을 때, 그것을 바로 이해하고 적용하는 건 쉽지 않은 일이다. 하지만 소민이는 악플을 다는 사람이 사실은 소민의 욕을 하는 것이 아니라는 사실을 알아차린 듯했다.

"대부분은 너에게 하는 이야기가 아니야. 사실은 악플다는 사람은 스스로에게 무언가 이야기하고 싶은 게 있는 거야. 그걸 다른 식으로 표현하는 것뿐이지."

"예. 이제는 전처럼 그렇게 기분 나쁠 것 같지 않아요."

소민은 눈을 반짝이면서 주혁을 쳐다보았다. 어머니가 자신의 가장 든든한 후원자였지만, 주혁도 거의 동등한 위치에 올라선 느낌이었다. 꼭 책으로 보았던 키다리 아저씨 같은 느낌이었다. 주혁이 있으니 무서울 것이 없었다.

방에서 나와 주혁은 셰프와 잠시 이야기를 나누었다. 소민은 셰프와 악수를 하는 주혁을 바라보면서 볼이 살짝 붉어졌다. 셰프가 소민에게 정중하게 사인을 부탁하자, 황급히 붉어진 얼굴을 푹 숙이고 사인을 해주었다.

*　　*　　*

"예, 그렇습니다만."

주혁은 소민과 식사를 한 바로 다음 날 MH 그룹으로부터 전화를 받았다. 상대는 굉장히 정중하게 말을 걸었다. 하지만 말투와는 달리 내용은 전혀 정중하지 않았다. 자신들이 소민과 전속 계약을 하고 싶으니 계약을 해지해 달라는 거였다.

어제 이야기해 준 내용이 바로 주혁과의 계약 때문에 MH 그룹과 전속 계약이 어렵다고 하라는 거였다. 계약서 문제로 그렇다니 MH에서도 소민 측에 뭐라기 어려웠다. 그리고 예상대로 자신에게 연락이 왔다.

"금액은 그대로 돌려주신다고요? 예, 예. 일단 너무 갑작스러운 이야기라서요. 생각할 시간이 좀 필요할 것 같습니다."

주혁은 알겠다는 대답을 하고는 통화를 마쳤다. 웃기는 놈들이었다. 직접 찾아온 것도 아니고 전화로 대충 설명하고는 알아서 기라는 말을 하고 있었다. 게다가 돈을 더 준다는 것도 아니고 그냥 그 금액만 주겠단다.

"아주 지랄을 하시네요. 배부르게 엿 드시게 해드릴 테니 기다리고들 계쇼."

어차피 시간을 질질 끌 생각인 주혁은 할 일을 하다가 시계를 확인했다. 황실 집사인 음형식과 만나기로 한 시각을 확인하기 위해서였다. 그는 옷을 챙겨 입고 약속 장소로 움직였다.

"아니, 이럴 수도 있는 겁니까? 어떻게 생각하십니까?"

음형식과 만난 주혁은 소민의 이야기를 하고는 분을 참지 못하겠다는 듯 목소리를 키웠다. 나라를 빛낼 아이에게 너무 치졸한 짓을 하는 것이 아니냐며 얼굴을 붉혔다.

음형식에게 주혁은 나라를 위하는 마음이 지극한 청년으로 보였다. 시진핑을 만났을 때와 마찬가지로.

"소민이는 동계 올림픽에서 금메달을 따고 세계를 제패할

아입니다. 잘 보살피고 키워도 모자랄 판에 이렇게 어처구니 없는 짓을 하다니요."

"이거, 그런 일이 있었는지 전혀 몰랐었군요. 방법을 찾아 보지요."

음형식은 별다른 변화를 보이지 않았다. 표정만 보아서는 무슨 생각을 하는지 전혀 알 수 없었다. 하지만 주혁은 그의 눈동자가 자신이 무슨 말을 할 때 번득였는지 기억하고 있었다.

이야기를 다 들은 음형식은 주혁에게 미안하다고 양해를 구했다. 일정이 있어서 많은 시간을 낼 수가 없다고 하고는 급히 황제에게로 가 보고했다.

"씨부랄 새끼가 하는 짓거리가 그렇지."

"폐하, 제발 욕은 삼가심이……."

"됐네. 그런 놈은 욕을 먹어도 돼."

황제의 얼굴에는 깊은 주름이 잡혔다. 한창 자라는 인재를 잘 보살펴도 모자랄 판에 빨대를 꽂아서 빨아먹을 생각을 하고 있다니 도저히 그냥 넘길 수 없었다.

"재벌들이 뛰어들게 하는 것이 어떠하겠습니까."

음형식은 주혁의 말에서 힌트를 얻어 생각해 낸 방법을 황제에게 이야기했다.

"그러니까 그 아이의 가치를 부풀리면 다른 재벌들이 달려들 거다, 이런 말이지."

"예, 그러하옵니다. 지금 다른 재벌들이 움직이지 않는 이유는 김소민의 가치를 낮게 평가해서 그런 것입니다. 만약 그 아이의 가치가 굉장하다고 알려지면……."

황제는 이야기를 듣고 껄껄대며 웃었다. 무엇보다도 자신들이 직접 손을 쓰지 않고 문제를 해결한다는 점이 마음에 들었다.

그것도 비슷한 놈들끼리 싸우게 하고, 이득은 김소민 선수가 얻게 된다는 점도 아주 기분 좋은 일이었다.

"방송에서 몇 번 때리면 신문에서야 자연히 기사를 내보낼 테고. 아, 금메달을 따면 경제 효과가 얼마인지 그런 것도 좀 넣으면 좋겠어. 사람들이 그런 거 좋아하니까 말이야."

"예, 폐하. 소신이 그렇게 진행하도록 하겠습니다."

음형식은 곧바로 작업에 들어갔는데, 외국 전문가의 반응에 무척 놀랐다. 그들은 김소민 선수를 아주 높이 평가하고 있었다. 그래서 굳이 부풀릴 필요도 없었다.

며칠 후, 김소민 선수가 이미 세계적인 수준이며 차기 동계 올림픽 금메달이 유력하다는 방송이 나갔다.

그러자 재벌 그룹들의 움직임이 바빠졌다. 그동안은 단지 MH 그룹에서 양해를 구해 잠시 한발 물러서 있었을 뿐이다.

이제 겨우 주니어 대회에서 우승한 선수를 놓고 굳이 MH 그룹과 척을 질 이유는 없었으니까.

하지만 동계 올림픽 금메달리스트의 가능성이 있다면 이야기가 완전히 달라진다.

이익이 되는 일에는 누구보다 발 빠른 자가 재벌이었다. 김소민 선수를 지원하겠다는 연락이 쉬지 않고 쏟아졌다.

MH 그룹은 김소민을 독점하려던 계획을 자연스럽게 포기해야 했고, 주혁과의 이야기도 없는 것이 되었다.

주혁은 자기 생각보다 훨씬 깔끔하게 정리되었다며 즐거워했다. 자신의 판단과는 달리 황실이 움직이지 않을 수도 있는 일이었으니까.

그리고 움직인다 하더라도 일이 제대로 풀리지 않을 수도 있었다.

하지만 아주 성공적으로 해결되었다.

자신에게는 아무 일도 일어나지 않은 셈이 되었고, 소민은 충분한 지원을 받게 되었다.

MH 그룹만 닭 쫓던 개 지붕 쳐다보는 꼴이 되었다. 그래서 주혁은 아주 기분이 좋았다.

하지만 주혁을 상당히 마땅찮게 보는 사람이 있었다. 주혁만 아니었다면 진작 김소민과의 계약에 성공했을 것이라 생각하는 MH 그룹의 장남 조창욱이었다.

당장 뭘 어쩌겠다는 건 아니었지만, 주혁의 이름은 뇌리에 좋지 않은 이미지로 남았다.

그들과 주혁과의 길고 긴 이야기는 그렇게 사소한 악연으로 시작되었다.

CHAPTER **06**
입학

1월 27일, 합격자 발표가 있는 날. 주혁은 당연히 합격이라
고 여기고 있었다. 하지만 살짝 두근거림이 느껴지는 걸 깨닫
고는 스스로 '나도 어쩔 수 없는 수험생이구나'라고 생각하
고 있었다.

　인터넷으로 연희대학교 홈페이지에 접속해 확인해도 되었
지만, 그는 집에서 나와 캠퍼스를 향해 걸어갔다. 아무래도
이런 건 직접 확인해야 제 맛 아니겠는가.

　영하의 기온도 아니어서 그리 쌀쌀하지는 않았다. 며칠 전
만 해도 숨을 쉬면 허연 김이 담배 연기처럼 뿜어져 나왔는

데, 장갑을 끼지 않았는데도 손이 그다지 시리지 않았다. 집에서 연희대학교까지의 그 길이 오늘따라 멀게 느껴졌다.

발표가 예정된 백양관에 도착하니 이미 많은 사람이 옹기종기 모여 있었다. 시계는 네 시 반이 조금 넘은 시각을 가리키고 있었다. 발표는 다섯 시에 나고 인터넷으로도 확인할 수가 있었는데, 생각보다 사람이 많았다.

사람들은 발을 종종 구르면서 합격자 명단이 붙을 곳에서 눈을 떼지 못하고 있었다. 하기야 기다리는 사람의 마음이 오죽하겠는가.

주혁은 사람들의 표정을 잘 관찰했다. 그는 늘 사람들의 감정이 어떻게 표현되는지 관찰했다. 이 자리야말로 주혁에게는 잘 차려진 뷔페나 마찬가지였다. 온갖 감정들이 넘쳐나는 곳이었으니까.

대부분 부모와 같이 온 아이들이었다. 아직은 앳된 얼굴을 하고 바짝 긴장해 있는 아이, 초조하게 떨고 있는 어머니, 그리고 무심한 것 같으면서도 몸을 가만히 두지 못하는 아버지. 주혁은 그런 가족들을 관찰하다가 문득 하늘이 보고 싶어졌다.

그는 고개를 들어 하늘을 올려다보았다. 해는 벌써 사라질 준비를 하고 있었고, 구름 한 덩어리가 외롭게 떠 있었다. 주혁은 발걸음을 돌려 그 자리에서 벗어났다. 그리고 캠퍼스 여기저기를 천천히 걸어 다녔다.

"삼촌~"

캠퍼스를 돌아다니다가 익숙한 목소리에 뒤를 돌아다보니 이종사촌 형 가족이 서 있었다. 정훈이가 그를 부른 것이었다. 그는 환하게 웃으면서 다가갔다.

"녀석. 너도 발표 보러 왔구나."

"예. 좀 전에 왔어요. 음… 얼추 시간이 되었으니 지금 가면 되겠네요."

발표 장소를 잘 알고 있는 주혁이 일행을 안내했다. 백양관 근처로 가니 사람들이 합격자 명단을 붙이고 있는 광경이 보였다. 그 모습을 본 정훈이 참지 못하고 후다닥 뛰어갔고, 동생 정한도 같이 달려갔다.

"일찍 간다고 붙을 게 떨어지는 것도 아닌데 성질도 참."

"애들이 다 그렇죠, 뭐."

"웃기고 있네. 인마, 너는 애 아니냐?"

이태주와 주혁은 주거니 받거니 만담하듯 이야기를 나누었다. 그 모습을 본 형수가 손으로 입을 가리고 웃었다.

먼저 간 정훈과 정한은 고개를 이리저리 움직이고 있었는데, 아마도 경영학과 합격자 위치도 찾지 못한 듯했다. 게다가 사람들이 한꺼번에 몰려들어 제대로 확인하기가 어려웠다. 결국은 주혁이 정훈보다도 먼저 경영학과 합격자 명단을 찾았다.

"야, 너는 여기 있다. 이정훈."

"어디, 어디? 어, 있다, 있어!"

주혁이 정훈의 이름을 찾아주었다. 가나다순으로 되어 있어서 찾는 데 애먹을 일은 없었다. 정훈이 녀석은 후다닥 달려가더니 아버지와 어머니 손을 잡고 흥분해서 큰 소리로 이야기하고 있었다. 주혁은 자기 이름을 확인했다.

"강조현, 강주미, 강주석, 강주혁."

있었다. 자신의 이름이 당당하게 합격자 명단에 적혀 있었다. 확신하고 있었지만, 자신의 이름을 발견하는 것이 이렇게 기쁠 것이라고는 생각지 못했었다. 가슴속에서 무언가가 뭉클하고 꿈틀거리는 게 느껴졌다.

그가 계속해서 자신의 이름을 응시하고 있을 때, 어깨에 손길이 느껴졌다.

"축하한다. 녀석, 고생 많았다."

이종사촌 형 이태주가 웃으면서 그의 어깨를 두드리고 있었다. 정훈과 정한도 다가오더니 주혁의 이름을 발견하고는 손을 맞잡고 펄쩍펄쩍 뛰었다.

"우와~ 축하해요, 삼촌!"

"와~ 와~ 이제 우리는 대학생이다!"

주혁은 살짝 낯 뜨거운 느낌이 들었지만 솔직히 좋았다. 그래서 유치하다는 생각이 들면서도 같이 펄쩍펄쩍 뛰면서 소리를 질렀다. 혼자서 명단을 확인했을 때도 기뻤지만 이렇게 같이 날뛰니 전혀 다른 감동이 몰려왔다.

한참을 그렇게 난리를 피우다 멈추어 서서는 낄낄대며 웃었다. 별다르게 웃길 것도 없는데 계속 웃음이 났다. 머리로는 이해할 수 없는 일이었지만, 가슴은 당연하다고 받아들이고 있었다.

"가자. 이런 날은 무조건 외식이지."

이태주는 주혁과 정훈의 어깨에 팔을 얹고는 이야기했다. 반대할 사람이 누가 있겠는가. 일행은 캠퍼스를 나와서 신촌에 있는 중국 음식점에 들어갔다. 대로변의 지하에 있는 음식점이었는데 굉장히 깔끔했다.

이태주는 기분이 좋은지 술을 주문했다. 형수님은 눈을 살짝 흘겼지만, 날이 날이니만큼 넘어가기로 했다.

"주문하신 공부가주입니다."

종업원이 조그마한 단지를 가져왔다. 단지에는 붉은 종이가 붙어 있었는데, 거기에 공부가주라고 적혀 있었다.

"공자 가문에서 내려온 술이라니 오늘 같은 날 어울릴 것 같아서 시켰다. 자, 한 잔 받아라."

합격을 축하하고, 앞으로 학업도 잘하라는 의미에서 고른 술이니 제법 어울리는 선택이었다. 이태주는 아주 자그마한

잔에 술을 따랐다. 먼저 주혁에게 따랐고, 다음으로 정훈에게 단지를 기울였다.

정한도 술잔을 힐끔힐끔 쳐다보았지만, 엄마에게 꼬집히고 난 후 헛된 꿈을 접었다. 날이 날이니만큼 술잔이 빠르게 비었다. 주거니 받거니 하다 보니 이태주와 정훈은 얼큰하게 취했다.

'술이 세진 건 확실하네.'

저번에 회식 때도 느꼈지만, 확실히 술이 늘었다. 예전에도 제법 마시는 편이었지만, 이 정도는 아니었다. 도수가 높은 술이라서 둘은 상당히 취했는데, 주혁은 이제 시작인 듯한 기분이었다.

약간 취기가 오르기는 했지만, 둘에 비하면 멀쩡한 거나 다름없었다. 붉게 달아오른 얼굴로 이야기하던 이태주는 단지에서 술이 떨어지자 손을 번쩍 들었다.

"여기요."

그는 약간 꼬인 혀로 주혁과 정훈을 번갈아 보면서 말했다.

"니들, 더 마실 수 있쥐? 그렇쥐?"

아마도 술을 더 시키려는 모양이었다. 이태주의 목소리를 들은 종업원이 일행이 있는 테이블로 다가왔다. 그리고 그 순간 날카로운 목소리가 사람들의 귓가를 파고들었다.

"여봇!"

사람들이 고개를 돌리니 형수가 도끼눈을 뜨고 태주 형을 노려보고 있었다. 이태주는 흠칫 놀라더니 슬그머니 손을 내렸다. 그러나 이미 종업원이 이태주의 옆에 와서 공손하게 이야기했다.

 "부르셨습니까, 손님."

 잠시 형수의 눈치를 보던 이태주는 우물쭈물하다가 겨우 입을 열었다.

 "계산서. 그래, 계산서 가져다주세요."

 그렇게 시끌벅적한 축하의 시간은 마무리되었다. 옆구리를 꼬집히는 태주의 뒷모습을 보면서 미소 짓던 주혁은 집으로 발걸음을 옮겼다. 집까지는 몇 분이 채 걸리지 않았는데, 갑자기 잊고 있던 일이 생각났다.

 그는 바로 핸드폰을 꺼내 전화를 했다. 다행히도 아직 시간이 저녁 8시가 채 되지 않았다. 지금 전화를 해도 실례는 아니라는 생각에 주혁은 안도의 한숨을 내쉬었다. 하마터면 또 실수할 뻔했는데, 그나마 이제라도 생각이 났으니 다행이었다.

 "큰아버지, 저 주혁이에요."

 —그래. 주혁아, 어쩐 일이냐. 설마 설에…….

 발표일은 모르는 큰아버지는 내일모레 있는 설에 가지 못한다는 전화를 한 것이 아닌지 지레짐작한 듯했다. 그는 급히 말을 이었다.

"아니요. 당연히 설에는 가야죠. 다른 게 아니라 오늘 발표가 났거든요. 그래서 연락드린 거예요. 저 합격했어요, 큰아버지."

—정말이냐? 아이구! 장하다, 장해. 네가 큰일을 했다.

큰아버지는 마치 자기 자식이 합격한 것같이 기뻐했다. 언제나 그랬듯이. 주혁은 큰아버지 때문에라도 집안 행사에는 꼭 참석하리라 생각했다.

—잘했다, 잘했어. 규석이하고 제수씨가 봤으면 얼마나 좋아했을꼬.

이야기하는 큰아버지의 목소리가 조금 떨렸다. 그렇지 않아도 설을 쇠고 가족을 찾아가서 합격한 사실을 알려야겠다고 다짐하고 있었는데, 큰아버지의 목소리를 듣고 나니 주혁의 마음이 찌르르 울렸다. 그는 숨이 가빠져서 한동안 아무런 말도 하지 못했다.

*   *   *

설날도 추석과 비슷한 분위기였다. 1월 29일 일요일 아침에 큰아버지 집에 갔다가 점심때 외삼촌 집으로 향했다. 여전히 막내 숙부와는 서먹했고, 더 편한 것은 외삼촌 집이었다.

물론 그런 사실을 겉으로 내색하지는 않았다.

외삼촌 집에 도착한 주혁은 정훈이 자꾸 자기 앞에서 알짱거리기에 얘가 왜 이러나 싶었는데, 자세히 살피니 머리가 바뀌었다. 합격자 발표를 보고 술을 같이 마신 날이 그저께였으니까 어제 머리를 한 듯했다.

분명히 대학생이 되었다는 들뜬 마음으로 한껏 멋을 내려 했을 터. 하지만 정훈의 의도가 성공적으로 보이지는 않았다.

정훈이가 한 머리는 샤기컷이었는데, 주혁이 보기에는 깔끔하고 단정한 스타일이 더 잘 어울리는 듯했다. 하지만 본인은 무척 만족스러워했다.

그리고 동생 정한이 그런 형의 머리를 굉장히 부러워하는 눈초리로 쳐다보고 있었다. 하기야 고등학생 처지에서 보면, 저렇게 머리에 멋을 내는 건 꿈같은 일일 테니 부러운 것이 당연했다.

주혁은 무언가 이야기를 해주려다가 참았다. 지금은 저런 기분을 만끽하는 것도 나쁘지 않다고 생각해서였다. 어차피 대학교에 가서 사람들과 어울리다 보면 자연스럽게 깨닫게 될 것이다. 그 머리가 자신과 어울리지 않는다는 사실을.

그는 피식 웃으면서 정훈의 머리를 마구 헝클었다. 정훈은 용감하게도 덤벼들었으나, 헤드록을 당하고는 항복 선언을 했다.

살짝 삐져 있는 정훈에게 주혁은 회식 때 받아놓은 사인 두 장을 내밀었고, 정훈은 언제 그랬냐는 듯 삼촌이 최고라며 엄지를 치켜세웠다.

2월이 되고, 합격자 등록을 하니 대학교에 다니게 되었다는 실감이 났다. 그사이에 영화를 찍으면서 알게 된 사람들로부터 종종 연락이 왔지만, 방학 전에는 아무래도 역을 맡기 어렵다는 말을 해야 했다.

"당연하지요. 제가 먼저 연락을 드렸어야 하는 건데. 예, 예."

시간만 되면 정말 하고 싶은데, 너무 아쉽다는 이야기도 잊지 않았다. 그리고 이렇게 챙겨주어서 고맙다는 말도 덧붙였다.

"예, 제가 종종 찾아뵙겠습니다. 그럼요. 연락드리고 가겠습니다."

주혁은 바쁘더라도 시간을 쪼개서 종종 연예계 사람들과 만날 계획을 세우고 있었다. 다만 학교생활이 어찌 될지 몰라 확실하게 날을 정하지 못하고 있을 뿐이었다.

전화를 마친 주혁은 운동복으로 갈아입었다. 그가 개학 전에 하고 있는 일은 몸을 만드는 것과 1학기 때 들을 과목을 다시 한 번 정리하는 거였다.

이미 4년 동안 배울 내용을 모두 알고 있는 그였으니 학점에 대한 걱정은 없었다. 점검 차 정리를 하고 있는데, 역시나 막히는 부분은 없었다. 그래서 주로 몸을 만들고 쉬엄쉬엄 정리를 했다.

헬스클럽에 들렀다 집으로 돌아오니 우편물이 와 있었다. 입학 관련 사항과 오리엔테이션에 대한 내용이 적혀 있었다.

"2월 25일, 26일 양일간이라."

합격했다고는 하지만, 지금까지 신입생이라는 느낌은 받지 못했다. 400만 원 가까운 등록금도 내고 했으니 '이제 정말 학교에 다니는구나' 하는 생각은 들었지만, 신입생이라는 실감은 나지 않았었다.

하지만 오리엔테이션에 참가해서 교수님과 선배, 동기들을 만나면 확실하게 느껴지리라 생각되었다. 생각했던 것과 눈으로 보고 직접 대하는 건 엄청난 차이가 있을 테니까. 몇 가지 걸리는 문제가 있긴 했지만, 그런 것이 뭐가 대수이겠는가 하는 생각이 들었다.

나이가 어린 사람에게 선배라고 부르는 게 뭐 어떻단 말인가. 사회생활을 하면 더 심한 경우도 많이 당한다. 그런 건 일도 아니었다. 동기들이 아저씨라고 부르면… 그건 좀 상처가 될 것 같긴 하다.

하지만 주혁은 걱정하지 않았다. 다른 사람에게 없는 매력을 자신은 가지고 있지 않은가. 자신은 애기들과 상대할 군번이 아니라고 생각했다. 그리고 학벌은 자신의 꿈을 이루기 위한 시작에 불과했다.

"오리엔테이션이라… 재미있겠어."

주혁은 기대감에 들뜬 상태로 잠이 들었다. 잠든 주혁의 입가가 주욱 늘어났다. 은빛 상자는 오늘도 두어 차례 반짝였지만 그 광경을 본 사람은 아무도 없었다.

오리엔테이션 날 아침, 주혁은 준비물을 챙겨 집을 나섰다. 가벼운 차림으로 가방을 어깨에 둘러멘 채 학교를 향했다. 그가 연희대학교 정문 앞에 있는 횡단보도를 건너는데, 갑자기 핸드폰에서 음악이 흘러나왔다.

늦은 밤 쳐다본 저 달이 너무 처량해. 너도 나처럼 외로운 텅 빈 가슴 안고 사는구나.

통화 연결음으로 지정해 놓은 김건오의 '서울의 달' 이었다. 액정을 보니 배한나의 전화였다. 그는 고개를 갸웃거리면서 통화 버튼을 눌렀다.

"어, 한나야. 어쩐 일이야? 이렇게 아침 일찍."

─야, 너 키가 몇이지?

주혁은 회식 때 민세희는 물론이고 배한나와도 꽤 친해졌다. 나이도 동갑이라 친구로 지내기로 했는데, 쉽게 친해진 계기가 이태영이었다. 그녀도 이태영을 좋지 않게 보고 있어서 그 이야기를 하면서 가까워지게 되었다. 그리고 그날 서로 번호를 교환했다. 하지만 지금껏 통화한 적은 없었다. 그런데 갑자기 전화가 와서는 키가 몇이냐고 물으니 어리둥절할밖에.

"갑자기 그게 무슨 소리야?"

─너 키가 한 84, 5쯤 되지?

"어, 185."

배한나는 이삼 일 정도 단역을 할 수 있느냐는 말을 했다. 단역이 필요한데 키가 좀 커야 해서 주혁이 생각났다는 말도 덧붙였다.

"고맙긴 한데, 나는 안 되겠다. 지금 오리엔테이션 가는 중이야."

─아, 그렇구나. 난 개학하려면 며칠 남아서 시간이 될 줄 알았지.

"신경 써줘서 고마워. 담에 밥이나 같이 먹자."

─알았어, 잘 다녀와. 좋겠다. 대학교 신입생이라니.

배한나는 킥킥 웃더니 부럽다고 하면서 전화를 끊었다. 통화하다 보니 어느새 집결 장소 근처에 와 있었다. 눈앞에는 장관이 펼쳐져 있었다. 정말 바글바글하다는 말이 어떤 것인지 알 수 있는 광경이었다.

경영학과는 입학 정원이 300명이 넘는, 굉장히 인원수가 많은 학과였다. 당연히 오리엔테이션에 온 신입생의 수도 많았다. 전세 버스 10대가 줄지어 서 있었고, 엄청난 수의 아이가 웅성거리고 있었다.

오리엔테이션, 고등학교를 졸업하고 갓 신입생이 된 아이들은 생전 처음 겪게 되는 일대 사건이다. 재수생이라고 해도 별반 다를 바가 없다. 물론 주혁과 같이 사회생활을 한 사람들이야 조금 다르겠지만, 어디 그런 사람이 흔하겠는가.

그래서인지 아이들의 표정에는 기대감과 더불어 낯선 경험에 대한 불안감도 조금 섞여 있었다. 하지만 가장 많이 나타나는 감정은 바로 설렘이었다. 이제 성인으로의 첫발을 내딛게 되는 셈이니 당연한 일일 터이다.

"자, 자. 신입생들은 각자 자기가 몇 조인지 확인하고 해당 버스 옆으로 이동하세요."

"버스에 몇 조가 탑승하는지 붙어 있으니까 확인하고 그 옆에 있으면 됩니다. 선배들이 가서 체크할 겁니다."

선배로 보이는 학생들이 통솔하려 크게 소리를 질렀고 신입생들은 대체로 지휘에 잘 따랐다. 주혁은 자신의 조를 확인하고 해당하는 버스로 이동했다. 조는 7조, 4번 버스였다.

주혁이 다가가니 신입생들이 어색한 표정으로 그를 쳐다보았다. 정체를 알 수 없는 사람이 다가오니 어떻게 행동해야 할지를 알 수 없었기 때문이다. 신입생 같지는 않아 보였는데, 다른 신입생들같이 가방을 메고 있었다.

"안녕하세요."

한 명이 망설이다가 인사를 했다. 나이가 많아 보이니 일단 인사를 하고 보자는 생각을 했나 보다. 그러자 그 뒤로 우르르 인사를 했다. 주혁은 웃음을 참으면서 가볍게 손을 들어서 같이 인사를 했다.

"야, 누구야?"

"몰라. 조교인가?"

주혁은 아이들이 수군거리는 이야기를 들으면서 가장 뒤쪽에 가서 섰다. 간혹 여학생들이 그를 힐끔 쳐다보고는 자기들끼리 수군거리기도 했다. 하지만 그에게 먼저 말 거는 아이는 없었다.

그렇게 시간이 조금 흐르고, 손에 명단을 든 여학생 한 명이 다가오더니 앞에서부터 이름을 확인했다. 한 명, 한 명 이름을 물어보고는 리스트에서 찾아 체크를 했다. 순조롭게 일을 하다 주혁의 차례가 되었다.

"다음은 이름이… 혹시 선배님이세요?"

여학생은 이름이 뭐냐고 물어보려다 주혁을 보고는 멈칫

거렸다. 그가 신입생처럼 보이지는 않았으니까. 그녀는 간혹 복학한 선배 중에서 이런 식으로 장난을 치는 사람이 있다는 말을 들어서 그런 게 아닐까 짐작했다.

정원이 얼마 안 되는 과에서는 생각할 수도 없는 일이었지만, 경영학과는 인원이 워낙 많았다. 천 명이 넘는 재학생의 얼굴을 어떻게 전부 기억하겠는가. 그래서 드물긴 했지만. 태연히 신입생인 체하고 장난치는 사람도 있긴 했다.

주혁은 곧바로 여학생의 오해를 풀어주었다. 그는 빙긋 웃으면서 대답했다.

"아니요. 신입생입니다."

"아, 그럼 혹시 강주혁⋯⋯."

그녀는 나이가 많은 신입생이 한 명 있다는 사실을 떠올리고 이름을 불렀다. 그런데 호칭을 마무리하지 못했다. 강주혁 씨라고 부르기도 뭐했고, 그렇다고 강주혁 후배님이라고 부르기도 뭐했다. 그녀는 말을 끝맺지 못하고 계속 어물거렸다.

"강주혁 맞습니다, 선배님."

주혁이 먼저 나서서 불편한 상황을 정리했다. 여학생은 살짝 얼굴을 붉히면서 그의 이름이 적힌 곳에 체크를 하고는 후다닥 집행부가 있는 곳으로 뛰어갔다. 그녀가 주혁을 가리키면서 이야기를 하자 집행부 사람들이 일제히 그를 쳐다보았다.

그중 몇 명이 다가왔는데, 한 명이 앞으로 나서서 악수를 청했다.

"04학번 조형욱이라고 합니다. 나이가 많은 후배님이라 다들 부담스러워하는군요."

자신을 조형욱이라고 소개한 남자와 인사를 한 주혁은 다른 재학생과도 인사를 나누었다. 주혁이 보기에는 처음 만난 여학생을 제외하고는 딱히 부담스러워하는 것 같지 않았는데, 조형욱이라는 사람은 자신이 나서서 문제를 해결한 것처럼 굴었다.

'오히려 이 녀석을 따라다녀야 한다는 사실을 불편해하고 있는 것 같은데?'

조형욱은 외모도 성격도 선이 굵은 호남 스타일이었고 보스 기질도 있어 보였다. 하지만 사람들의 기분이나 생각을 헤아리는 스타일은 아닌 듯했다. 게다가 어떤 일이든 주도해야 직성이 풀리는 스타일로 보였다.

"그럼 오티 장소에 도착해서 봅시다."

조형욱은 자기 할 말을 내뱉고는 뒤돌아섰다. 분명히 주혁의 나이를 알 텐데, 그런 건 상관없다는 듯 말하고 행동했다. 그가 움직이자 사람들이 우르르 뒤를 따랐다.

'독불장군이구먼. 피곤한 사람이야.'

주혁은 조형욱의 뒷모습을 보면서 그에 대한 생각을 정리했다. 굳이 분류하자면 나쁜 사람은 아니지만 자신과는 잘 맞지 않는 종류의 인간이었다. 왜, 살다 보면 그런 사람이 있지 않은가. 주혁은 조형욱을 자신과 합이 잘 맞지 않는 부류의 인간으로 분류했다.

"신입생이세요?"

멀어져 가는 조형욱을 보면서 생각에 잠겨 있던 주혁은 뒤에서 들리는 소리에 고개를 돌렸다. 건장한 체구의 남학생이 호기심 가득한 눈초리로 자신을 쳐다보고 있었다. 주혁과 키가 엇비슷했는데, 어깨가 약간 밑이었다.

"저도 신입생이에요. 반갑습니다. 그런데 형님이시죠?"

"글쎄요. 언뜻 보기에는 잘 모르겠는데……."

사실 그 신입생이 다소 나이가 들어 보이는 편이기는 했다. 그렇다 하더라도 주혁과는 여덟 살 정도 차이이니 누구의 나이가 많은지는 명확해 보였다. 주혁의 장난기 어린 표정을 보고는 그 신입생은 넉살 좋게 대답했다.

"에이, 형님. 왜 이러세요. 저는 스무 살 권중범이라고 합니다."

"그럼 87년생이겠네. 나는 79 양띠. 이름은 강주혁."

"와~ 그 정도로는 안 보이시는데요. 군대 갔다가 복학한 선배 정도로 알았어요."

권중범이라는 신입생은 활기차고 에너지가 넘쳤다. 넉살

도 좋아서 스스럼없이 이야기를 나누었다. 주혁도 살갑게 구는 중범이 나쁘지 않았다.

"자, 모두 버스에 탑승해 주세요."

인원 파악이 끝났는지 선배로 보이는 사람들이 버스에 먼저 올라서 신입생들에게 손짓했다. 한 조에 신입생 열다섯 명, 선배 네 명으로 구성되어 있었는데 두 조가 한 버스에 탔다.

이른 시간이라 그런지 차가 막히지 않아 경기도에 있는 수련원까지는 1시간 정도밖에 걸리지 않았다. 가는 동안 주혁은 중범과 학과와 수능, 오리엔테이션에 관해서 이런저런 이야기를 나누었다.

"정말이요?"

중범은 주혁의 점수를 듣고 깜짝 놀랐다. 나이가 많아서 무슨 특례 입학을 한 것이 아닌지 싶었는데, 거의 만점에 가까운 점수를 받았다고 했다. 그 점수면 의대도 진학할 수 있어 보였다.

"그 점수면 세브란스 의대도 들어가실 수 있었을 것 같은데요?"

"의대는 적성에 맞질 않아서."

아무래도 경영학과보다는 의대를 선호하는 게 일반적인 경향이었지만 주혁의 생각은 달랐다. 어디까지나 자신이 하고 싶은 것은 연기였다. 연희대학교라는 간판은 늦게 나이에 연기를 다시 시작했다는 자신의 약점을 커버할 무기 중 하나 였다. 그리고 나중에 결혼할 때도 좋을 듯해서였다.

광장히 속물 같은 생각이었지만, 그는 아주 현실적인 생각 이라고 여기고 있었다. 그렇게 둘은 두런두런 이야기를 나누 면서 시간을 보냈다.

서로 친해져서 이런저런 이야기를 하는 짝도 있었지만, 대 부분은 아직 조용한 편이었다. 그래서 주혁과 중범의 주위에 있는 신입생들은 둘의 이야기를 대부분 들을 수 있었다. 그리 고 차 안을 왔다 갔다 하던 3학년 재학생 몇 명도 그들의 이야 기를 들었다.

*   *   *

교수들은 이미 수련원에 도착해 있었다. 다른 차를 타고 온 모양이었다. 이런저런 일정이 있었지만 아무대로 저녁에 있 는 술자리가 가장 피크였다.

교수들이 방을 돌아다니면서 학생들과 잠시 이야기를 했 는데, 자리에 오래 있지는 않았다. 그 후로는 선배와 후배의 술자리가 되었다.

"마실 수 없는데 억지로 마실 필요는 없어."

선배 중 한 명이 얼굴이 붉어진 후배에게 잔을 내려놓으라고 이야기했다. 전반적으로 술을 권하는 분위기는 아니었다. 예전에야 억지로 먹이는 분위기가 있었지만 지금은 그렇지 않다고 했다.

물론 학과에 따라서 그런 전통이 남아 있는 학과도 있지만, 경영학과는 그렇지 않다고 이야기했다. 눈치를 보며 술을 마시던 몇 명의 얼굴이 밝아졌다.

아까 주혁이 들어보니 술을 빼면 선배에게 찍힌다며 걱정을 하는 신입생도 있었는데, 잘못된 정보였던 모양이다.

"그런데 형, 무술은 언제 배운 거예요?"

권중범이 술을 홀짝이면서 말했다. 본격적인 술자리가 만들어지기 전, 조별 장기 자랑 시간이 있었다. 주혁이 속한 조에서는 세 명이 춤을 선보이기로 했는데 조금 약했다. 워낙 춤을 잘 추는 신입생이 많아서 경쟁력이 없어 보였다.

신입생들은 서로 눈치만 보고 있어서 결국 주혁이 나섰다. 그나마 좀 임팩트 있는 것이 격파인데, 송판이나 기왓장을 구할 수 없으니 풍선을 쓰기로 했다. 그래서 중간에 춤을 잠깐 멈추고 주혁이 발차기로 풍선 터트리기를 하는 장면을 넣었다.

화려한 발차기로 몇 개의 풍선을 터트리니 반응이 제법 좋았다. 상품이 걸려 있는 순위권 안에는 들지 못했지만, 주혁의 발차기는 제법 강한 인상을 남겼다.

"예전에 태권도를 좀 배웠었거든."

원래 스포츠레저학과에 진학하려고 몇 가지 운동을 배웠었다. 태권도, 농구, 수영, 골프가 그가 배운 종목이었다. 그래도 배워놓으면 언젠가는 다 쓸모가 있게 마련이라는 생각이 들었다.

"그런데 형은 학교 오기 전에 뭐 했었어요?"

"학교 오기 전에? 단역 배우 했었지."

주혁은 술을 마시다가 별생각 없이 대답했지만, 중범을 비롯한 주변 사람들의 시선이 확 변했다. 그러더니 하나둘 주혁 근처로 움직이기 시작했다.

"오빠, 배우였어요? 진작 얘기를 하지."

아까 춤을 추었던 멤버 중 한 명이었던 이유라가 술잔을 들고 주혁의 옆에 자리를 잡았다. 장기 자랑을 할 때 같이 연습해서 조금은 친해진 사이였는데, 그녀는 초롱초롱한 눈으로 질문을 던졌다.

"오빠, 어디 출연했는데요?"

"그냥 대사도 없는 엑스트라야. '괴물'이라고, 봉 감독님 작품."

"정말이요? 손강호, 배한나, 백해일 나오는 그 괴물?"

여자가 관심을 가질 만한 영화는 아니었는데, 무슨 까닭에서인지 이유라는 출연 배우까지 잘 알고 있었다.

주혁의 주위에 자리를 잡은 신입생들은 그에게 이런저런 질문을 했다. 연예계에 대해서 알고 싶은 것이 뭐 그리 많은지 질문이 끊이질 않았다.

삐비비빅, 삐비비빅.

조형욱은 자연스럽게 핸드폰의 알람을 끄면서 이야기를 마무리 지었다. 이제 다른 조에 가봐야 할 시간이었다. 아쉬워하는 사람들도 있어 보였지만, 그는 주저하지 않고 자리에서 일어났다.

"이제 일어나야 할 시간이네. 나머지 이야기는 학교에서 계속하지."

가벼운 인사를 끝으로 조형욱은 밖으로 나갔고, 그런 조형욱을 보면서 학생회 남자 한 명이 벌레 씹은 표정으로 중얼거렸다. 하지만 아주 작은 소리라서 바로 옆에 있는 친구만이 간신히 알아들을 수 있을 정도였다.

"씨발, 지가 백작가면 다야? 지 멋대로 왔다가 지 멋대로 나가고."

그는 분에 겨운 듯 이야기했다. 조형욱은 친한 학생 몇 명과 같이 와서 학생회와는 상관없이 움직이고 있었다. 하지만 누가 그를 말릴 수 있겠는가. 학생회로서는 그저 전체 일정에 방해되지 않게만 해달라고 부탁하는 게 전부였다. 그리고 조형욱도 그런 문제를 일으키지는 않았다.

일부 학생들에게는 짜증이 나는 존재였지만 학생들, 특히 여학생들에게 조형욱의 인기는 좋았다. 잘생기고 성적 좋고, 운동까지 잘하니 좋아할 만한 요소는 두루 갖춘 셈이다. 게다가 카리스마 있고 MH 그룹 회장의 손자이니 오죽하겠는가.

오늘 들어왔을 때도 마찬가지였다. 김이 모락모락 나는 치킨을 가져오고, 학교나 사회생활에 도움이 될 만한 이야기를 해주었다. 그러니 사람들이 싫어할 리가 있겠는가.

게다가 말솜씨도 좋은 편이라 사람들은 그의 이야기에 빠져들었다. 지금도 여학생 몇은 꺅꺅거리면서 조형욱의 이야기를 하고 있었다.

밖으로 나온 조형욱은 알람 시간을 다시 맞추었다. 다음 방에 들어가기 전에 나올 시간을 미리 맞추어놓는 것이었다.

"치킨은 도착했지?"

"예. 약속한 시간에 맞춰서 도착했습니다."

조형욱은 근처에서 가장 유명한 치킨 가게를 수배해서 이곳으로 배달하도록 주문했다. 그것도 한꺼번에 도착하면 나중에 맛이 없어져 버리니 자신이 움직이는 일정에 맞추어 정해진 수량을 가져오게 시켰다.

까다로운 주문이었지만, 워낙 수량이 많으니 가게에서도

혼쾌히 승낙했다. 조형욱은 다음 조인 7조가 모여 있는 방으로 향했다. 그가 먼저 움직였고, 치킨을 든 사람들이 조형욱을 뒤따랐다.

조형욱은 방문을 벌컥 열고 안으로 들어갔다. 한 조는 기본적으로 신입생 열다섯 명에 재학생 네 명으로 구성되어 있다. 간혹 참석하지 못한 신입생이 있었지만, 고작해야 한 명 정도였다. 그래서 인원수가 크게 차이 나는 조는 없었다.

이 방 역시 열아홉 명이 모여서 술자리를 하고 있었는데, 문소리가 들리자 시선이 그 방향으로 몰렸다. 조형욱은 이 순간이 가장 짜릿했다. 사람들의 시선이 한꺼번에 자신에게 몰리면 주체할 수 없는 쾌감을 느꼈다.

조형욱은 매력적인 미소를 지으면서 말했다.

"자, 이거 들면서 얘기합시다."

조형욱의 말에 같이 온 사람들이 손에 들고 온 박스를 사람들 앞에 내려놓았다. 들어올 때부터 냄새가 확 풍겼으니 내용물이 무엇인지 모르는 사람은 없었다.

"치킨이다."

바삭한 튀김옷을 입은 치킨을 싫어하는 사람이 있을까. 게다가 신입생은 스무 살, 3학년이라고 해봐야 스물두 살이다. 복학생이라고 해도 스물다섯 안쪽이니 엄청나게 먹어댈 나이가 아닌가. 사람들은 일제히 환호했다. 식사한 뒤였지만, 치킨은 빠른 속도로 줄어들었다.

하지만 일부 재학생의 표정에는 불쾌감이 어려 있었다. 아직 어린 학생이다 보니 표정이 쉽게 드러났다. 주혁은 왜 그런 표정이 되었는지 알 것 같았다.

'저 녀석 때문이구만.'

참 웃기는 놈이었다. 무작정 들어오더니 양해도 구하지 않고 떡하니 중앙에 자리를 잡고 앉아 자리를 주도하고 있었다. 일부 재학생은 불편한 기색이었지만, 무어라 이야기를 하지는 못했다.

주혁은 여기에 도착해서부터 조형욱 일행을 이상하게 생각하고 있었다. 처음에는 학생회 사람들인가 했는데 그렇지 않았다. 그들은 전체 일정에는 잘 참가하지도 않고, 시간만 나면 신입생을 모아놓고 이야기했다.

주혁은 정신없이 닭다리를 뜯고 있는 권중범의 옆구리를 팔꿈치로 툭툭 쳤다. 학생회도 아닌데 이상하지 않느냐 묻자 중범은 그것도 모르느냐면서 대답을 툭 던졌다.

"누가 뭐라고 하겠어요, 백작가 차남인데."

그제야 주혁은 조형욱이 위세가 등등한 조씨 백작 가문의 차남이라는 사실을 알았다. 언론에 거의 등장하지 않는 사람이니 주혁이 모르는 것도 이상한 일은 아니었다. 중범도 몰랐는데, 아까 장기 자랑을 할 때 선배한테 들었다고 했다. 백작

가문이라면 이해가 되었다.

'하기야 교수라고 해도 부담스러워 할 판인데, 재학생이야 말해 뭘 하겠어. 하지만 그래서 더 마음에 들지 않는단 말이지.'

여기에 올 때부터 영 껄끄럽더니 역시나 주혁의 스타일과는 맞지 않는 놈이었다. 저런 놈은 주목받고 싶어서 안달이 난 놈이다. 그리고 뭐든지 제 맘대로 해야 직성이 풀리는 놈이기도 하다.

아이들도 조형욱이 어떤 사람인지를 아는지, 그가 이야기하는 걸 조용히 듣고 있었다. 그리고 어려서부터 그렇게 커와서 그런지는 몰라도 조형욱은 사람들의 이목을 집중시키는 능력이 상당했다.

'애들 다루는 방법이야 많지. 꼭 정면으로 맞서야만 혼내줄 수 있는 건 아니거든.'

주혁은 씨익 하고 입가에 웃음을 달고는 슬슬 움직이기 시작했다. 먼저 옆에 있는 중범과 유라를 툭툭 건드리고 나지막한 소리로 이야기를 시작했다.

조형욱의 이야기도 흥미 있었지만, 주혁의 이야기만큼은 아니었다. 사실 연예계만큼 아이들에게 흥미로운 소재가 어디 있겠는가. 처음에는 중범과 유라의 고개가, 나중에는 주변에 앉아 있는 아이들의 고개가 전부 주혁을 향했다.

조형욱은 신 나게 이야기를 하고 있다가 무언가 분위기가 어수선한 것을 깨닫고 말을 멈추었다. 한 무더기의 사람들이 자기들끼리 웃으면서 이야기를 나누고 있었다. 몇 개의 조를 돌아다녀 봤지만, 이런 경우는 처음이었다.

"무슨 이야기를 그렇게 재미나게 합니까? 나도 같이 좀 들어봅시다."

조형욱은 벌떡 일어나더니 주혁이 있는 쪽으로 다가왔다. 아이들이 조금씩 움직여 자리를 만들어주었고, 조형욱은 당연하다는 듯 자리에 털썩 주저앉았다. 형욱은 주혁의 얼굴을 보더니 기억이 난다는 듯 말했다.

"이런, 나이 많은 후배님을 또 보는군요. 그래, 무슨 이야기를 그리 재미있게 했습니까?"

"연예계 이야기요. 주혁 오빠가 학교 오기 전에 단역 배우를 했었거든요."

조형욱의 질문에 이유라가 대답했다. 유라는 참 당찼다. 아까 춤을 출 때도 느낀 거였지만 주눅이 드는 법이 없었다. 사람들이 그렇게 많은 곳에서 장기 자랑을 하면 위축될 법도 한데 전혀 그런 기색이 없었다.

그리고 지금도 대부분 아이들은 조형욱의 기세에 눌린 표정이었는데, 그녀는 말짱했다. 술잔을 들고 한잔하자며 내밀자 오히려 조형욱이 조금 당황하는 표정이었다.

주혁은 슬쩍 주변을 살폈다. 분위기에 압도된 아이들이 있는 반면, 억눌리지 않고 자신의 기운을 내보이는 아이도 있었다. 권중범이나 이유라가 바로 그런 경우였고, 몇 명이 눈에 더 들어왔다.

'김수정이라고 했던가? 조용한 녀석인데 의외로 기가 세네. 그리고 3학년 양선화.'

신입생인 김수정은 말수가 적은 편이라 눈에 잘 띄지 않았는데, 뜻밖에 기가 상당히 강해 보였다. 이야기를 방해한 조형욱을 오히려 못마땅한 표정으로 노려보고 있었다.

3학년 재학생인 양선화는 자유분방한 성격이었는데 역시나 못마땅하다는 표정이었다. 한창 재미있게 이야기를 듣고 있었는데, 느닷없이 웬 불청객이냐는 얼굴이었다.

조형욱은 이런 경우는 처음이었다. 한 명도 아니고 여러 명이 자신에게 호의적이지 않은 시선을 보내니 당황스러웠다.

이러니저러니 해도 아직은 스물두 살 먹은 대학생에 불과했다. 크면서 자기 뜻대로 되지 않은 일이 거의 없이 살아왔다. 게다가 모두가 자신을 떠받드는 분위기에 익숙해져 있어 이런 분위기는 무척 낯선 경험이었다.

"여기는 너무 마시지 않는 것 같네. 자, 다들 잔 채우고 건배합시다. 자아, 건배!"

조형욱은 분위기 전환을 위해서 건배를 제의했다. 어색함을 없앨 때는 역시나 술을 한잔하는 것만 한 방법이 없었다. 술을 마시고는 다시 여유를 찾은 조형욱이 입을 열었다.

"크으~ 연예계라. 나도 그 방면에 아는 사람들이 좀 있기는 한데."

사실 개인적으로 친분이 있는 연예인은 없었다. 하지만 연예인이라면 배우, 가수 할 것 없이 숱하게 보아왔고 행사가 있으면 누구라도 부를 능력이 되었다. 가문의 능력은 곧 자신의 능력. 그러니 당연히 연예계에도 아는 사람들이 있다고 말했다.

하지만 곧바로 나온 김수정의 질문에 조형욱은 대답을 할 수 없었다.

"그럼 친하게 지내는 연예인 누구 있어요?"

"친하게 지내는 연예인?"

어떤 연예인이라도 만날 수 있고 부를 수 있었지만 개인적으로 연락하는 연예인은 없었다. 형욱은 당황했지만 침착하게 대처했다.

사실 조형욱은 정치 쪽으로 나가는 것을 생각하고 있었다. 집안에서도 회사를 이어받는 것보다 국회로 가는 걸 더 원했다. 그리고 그러는 편이 자신의 적성에도 잘 맞는다고 여겨졌다. 이런 식으로 돌아다니는 이유도 다 예행연습이라고 생각하고 자처해서 하고 있는 거였다.

형욱은 재빨리 주혁에게 바통을 넘겼다. 자신이 해결할 수 없는 문제라면, 자신이 계속 가지고 있으면 안 된다. 시선을 다른 사람에게 돌려야 하고, 그 사람이 문제를 안고 침몰하면 더욱 좋은 일이다.

"글쎄? 그것보다 배우 후배님은 친하게 지내는 연예인이 있으신가?"

단역 배우라고 했으니 사람들이 알 만한 유명 배우와는 친분이 없을 거로 생각해서였다. 일단 주혁이 곤란해하는 사이에 다른 솔깃한 주제를 생각해서 화제를 바꾸어야겠다고 계획하고 있었다.

하지만 예상은 엄청나게 빗나갔다. 조형욱의 말에 사람들의 시선이 일제히 주혁을 향했는데, 그는 여유 있는 미소를 지으면서 천천히 입을 열었다.

"음, 친하게 지내는 연예인이라……. 손강호 선배하고 배한나, 민세희 정도?"

주혁이 언급한 배우들은 모두 톱스타였다. 연예계에 큰 관심이 없는 사람이라도 이름 정도는 들어본 사람들이었으니 아이들의 반응이 뜨거웠다.

"우와, 같이 얘기도 해봤어요?"

"직접 보면 어때요? 얼굴이 그렇게 작아요?"

"실물도 예뻐요?"

쏟아지는 질문에 주혁은 조금씩 이야기를 풀었다. 사람들은 침도 제대로 삼키지 못하고 주혁의 이야기에 귀를 기울였다. 그는 그들과 만난 이야기, 촬영장에서 있었던 이야기들을 풀어놓았다.

"강호 형이 이번에 영화를 찍다가 부상을 당한 적이 있거든. 어디서 그랬냐면 서강대교 밑에서 작년 여름에……."

조형욱은 자신도 모르게 주혁의 이야기에 빠져들어서 웃고 탄성을 지르고 했다, 마치 방청객처럼. 그러다가 갑자기 '내가 지금 여기서 뭐 하는 거지?' 하는 생각이 들었다.

자신이 왔음에도 불구하고 지금 이 방의 주인공은 주혁이었다. 굉장히 낯선 일이었다. 언제나 자신은 주인공이었으니까. 아주 어렸을 때부터 집에서나 학교에서나 그랬었다. 나이차가 좀 있는 형이 있긴 했지만, 그래도 주역은 자신이었다.

할아버지는 항상 이야기했다. 형은 서자일 뿐이라고. 그러니 가문의 후계자는 바로 자신이라고. 그래서 지금까지 세상의 주인공으로 살아왔다. 그런데 지금 이 상황은 무엇인가?

"그런 이야기는 흔하게 들을 수 있는 이야기인데."

조형욱은 슬쩍 딴죽을 걸었다. 그 말을 들은 주혁은 속으로 피식 웃었다. 보아하니 자기 생각대로 되지 않아서 심기가 아주 불편한 모양이었다. 그런 심사가 얼굴에 그대로 나타나 있었다.

하기야 조형욱이 살면서 표정을 숨겨야 할 일이 얼마나 있었겠는가. 오히려 다른 사람들이 형욱의 표정을 살피면서 맞추어 주었을 터이다. 주혁은 '그러니 지금 같은 성격이 되었겠지'라는 생각을 했다.

"혹시 통화되는 사람 있어요?"

형욱의 말에 분위기가 다시 흐려지자 김수정이 짜증스러운 표정을 그를 한 번 쩨려보고는 질문했다. 다른 사람들도 일제히 고개를 끄덕이면서 주혁이 대답하기만을 바랐다.

"아까 얘기한 셋하고는 가끔 통화하기는 하는데……."

주혁의 이야기가 끝나자마자 아이들이 일제히 지금 해보라고 이야기했다. 주혁이 시계를 보니 11시가 거의 되어가고 있었다. 무작정 전화하기에는 조금 부담스러운 시각이었다.

"너무 늦었으니 일단 문자를 보내놓을게."

주혁은 세 명에게 문자를 보냈다. 그리고 촬영장에서 있었던 이야기를 계속했다. 조형욱은 '이러면 안 되는데'라고 생각하면서도 주혁의 이야기에 빨려들었다. 뒷부분이 너무 궁금해서 귀를 기울일 수밖에 없었다.

주혁은 조형욱이 갈등하는 모습을 힐끗 보면서 말을 이어나갔다. 그의 입가에는 보일 듯 말듯한 미소가 달려 있었다.

조형욱은 국회의원이 되는 것이 어렵지 않은 일이라고 생각했다. 일단 귀족 가문이니 점수를 따고 들어간다. 게다가 가문의 재력이나 자신의 능력도 국회의원이 되기에 충분하다고 여기고 있었다.

귀족 가문은 모두 독립 운동에 지대한 공을 세운 사실을 인정받은 가문이다. 대표적인 것이 공작 가문인 성재 이시영 선생의 가문이다. 당시 나라에서 손꼽히는 거부였던 가문 전체가 독립 운동을 위해 목숨과 전 재산을 바친 가문.

여섯 형제 중 다른 사람은 모두 독립 운동 중에 사망하고, 유일하게 이시영 선생만 생존해 해방 후 공작위에 오르게 되었다. 예전만은 못하지만, 지금도 사람들은 공작 가문이라고 하면 존경을 표한다.

다른 귀족 가문도 정도의 차이는 있지만 비슷하다고 봐도 무방했다. 그러니 국회의원에 출마하는 데 얼마나 유리한 조건인가. 연희대학교를 택한 것도 가문에서 여러모로 생각해서 결정한 일이었다.

'서울황립대학교에도 갈 성적이었지.'

하지만 가문의 선택은 연희대학교였다. 공부벌레 이미지가 오히려 국회의원에게 좋지 않을 수 있다면서. 예전에야 서울황립대학교라고 하면 사람들이 대단하게 생각했지만, 앞으로는 예전과는 달리 인간적인 매력을 가진 인재가 사람들에게 어필할 것이라고 했다.

조형욱의 할아버지는 시대의 흐름으로 보아 분명히 그렇

게 될 것이라며, 연희대학교에 갈 것을 권유했다. 조형욱은 할아버지의 말을 따랐고, 지금까지 오로지 목표를 위해서 달려왔다.

고민할 필요가 없었다. 자신감도 있었고, 주변 여건도 좋았다. 하지만 전혀 생각지도 않은 장소에서 뜻밖의 사람을 만나서 이상한 고민을 하게 되었다.

'내가 지금 뭐 하는 거지?'

이 분위기에서 벗어나기 위해서 질문도 해보고 다른 짓을 해서 주의를 분산시켜 보기도 했다. 하지만 어떤 방법도 통하지 않았다. 나이만 많은 신입생이라고 우습게보았는데, 주혁은 분명 자신이 가지지 못한 무언가를 가진 사람이었다.

조형욱은 정말 오랜만에 패배감이라는 감정을 느꼈다. 이런 감정을 느꼈던 때가 언제인지 기억도 나질 않았다. 물론 기억을 하고 싶지도 않았다.

조형욱은 다른 건 몰라도 주혁이 사람들을 끌어들이는 매력은 꼭 자신의 것으로 만들겠다고 결심했다. 그것은 자신이 정치에 발을 담글 때 엄청난 무기가 될 수 있을 테니까.

그런 생각을 하면서 조형욱은 조용히 자리에서 일어섰다. 머리가 몹시 혼란스러웠다. 그가 일어섰지만, 주변에 있는 사람 몇이 가볍게 인사를 할 뿐이었다. 조형욱에게 신경 쓰는 사람은 거의 없었다.

조형욱이 나가고 난 뒤 조금 지나서 주혁의 핸드폰이 울렸다. 액정을 보니 배한나였다. 주혁이 배한나라고 말하자 주변에 있는 아이들이 입가에 손가락을 가져다 대면서 서로 조용히 하라고 했다. 그는 핸드폰을 만져서 스피커폰으로 연결했다.

—무슨 일이야. 너 오티 간다고 했잖아.

"지금 오티 하고 있는데, 애들이 하도 졸라대서. 그리고 지금 스피커폰이야."

배한나는 당황한 듯 잠시 말을 멈추더니 곧 밝은 목소리로 이야기했다.

—안녕하세요. 배한나라고 해요. 호호호!

애들은 연예인 목소리를 듣는 일이 신기한 듯 귀를 쫑긋 세우고는 무슨 이야기를 하는지 집중해서 듣고 있었다. 주혁은 그 모습을 보고는 '역시 아직 애들은 애들이구나' 하고 생각했다. 그리고 잠시 후 민세희와도 똑같은 식으로 통화했다.

웃기는 것이 배한나나 민세희나 스피커폰이라고 하면 목소리가 확 달라졌다. 그래 봐야 이미 원래 목소리를 들은 상태인데 말이다.

여자들이 평소 목소리와 전화할 때 목소리가 다르다는 것은 알고 있었지만, 이렇게 상대에 따라서도 달라진다는 사실은 처음 알았다.

시간이 흐르고 피곤함에 지친 아이들이 하나둘 잠자리에 들었다. 끝까지 버티던 사람들도 이내 하품을 하면서 자리를 마무리했다. 주혁은 잠시 베란다로 나가서 맑은 공기를 들이마셨다.

하늘을 올려다보니 별이 쏟아질 것 같이 촘촘했다. 서울에서는 별이 거의 보이지 않았다. 그래서인지 서울에서 본 하늘과는 전혀 다른 하늘을 보는 느낌이었다.

주혁은 다른 일은 몰라도 사람들의 이목을 집중시키는 일은 양보할 생각이 없었다. 자신이 원하는 일은 배우였다. 배우는 다른 사람들의 시선을 끌어야 하는 직업이다. 그러니 사람들의 시선은 자신을 향해 있어야 한다고 여겼다.

"좀 유치하기는 했어."

그는 피식 웃었다. 이성적인 행동은 아니었다. 누군가가 들어와서 자신을 바라보던 사람들의 시선을 가져갔다는 사실이 짜증이 나서 벌인 일이었다. 하지만 후회하지는 않았다.

"후회할 일은 하지 말고, 한 일은 후회하지 말자."

백작가 차남이라고 해서 눈치 보고 그럴 생각은 없었다. 그러려고 그 힘들고 진저리쳐지는 시간을 참아온 것이 아니다. 그럴 거였으면 처음부터 시작도 하지 않았다.

주혁은 다시 하늘을 쳐다보았다. 하늘에는 수없이 많은 별

이 빛나고 있었다. 그는 그중에서도 가장 빛나는 별이 되리라
다짐했다. 어떤 사람이라도 한눈에 알아볼 수 있는 환하고 아
름답게 빛나는 별이 되기로.

*　　　*　　　*

"그래. 오리엔테이션은 어떻더냐."

조만해는 손자인 형욱에게 인자한 미소를 지으면서 물었
다. 거실에는 조만해와 형욱, 그리고 형욱의 형인 창욱이 앉
아있었다. 둘의 아버지인 기용은 집에 없는지 보이지 않았다.

형욱은 오리엔테이션에서 겪은 일을 간단하게 정리해서
이야기했다. 조만해의 표정은 이야기를 듣는 내내 즐거워 보
였다. 그리고 조부의 표정을 보는 창욱의 얼굴은 인형처럼 무
표정했다.

"그래? 그래서 너는 어찌할 생각이더냐."

아흔을 바라보고 있는 조만해는 얼굴에 검버섯이 가득하
고 머리는 완전한 백발이었지만, 아직도 눈빛이 형형했다.
MH 그룹의 명실상부한 지배자인 그는 앉아 있는 것만으로도
엄청난 존재감을 보이고 있었다.

하지만 형욱은 이런 상황이 익숙해서인지 편안한 표정이
었다.

"두 가지 생각이 들었습니다. 먼저 내 사람으로 만들어야겠다는 생각이 들었습니다. 그런 사람이 있으면 앞으로 제가 정치 생활을 할 때 도움이 될 것 같아서요."

형욱의 말을 들은 조만해는 고개를 주억거렸다. 가장 뛰어난 사람이 우두머리가 되는 것은 아니다. 뛰어난 사람을 쓸 줄 아는 자가 우두머리가 되는 것이다. 손자 형욱이 그런 보스의 풍모를 보이니 만해는 할아버지 된 입장에서 아주 즐거웠다.

"그리고 제가 너무 안이하게 살아왔다는 생각이 들었습니다. 그 사람을 보니 제가 부족한 게 너무 많더군요. 돌아보니 너무 철부지처럼 산 것 같습니다. 그래서 좀 달라져 보려고요."

"어허허허! 우리 손주가 아주 어린아이인 줄 알았더니 이제 다 컸구나. 어허허허!"

만해는 큰 소리로 웃었다. 사실 형욱이 조금 철부지 같은 면이 있기는 했다. 이제 겨우 스물이 갓 넘은 대학생이라고 넘어가고는 있었지만, 걱정되던 판이었다. 그런데 이렇게 내면이 성장하는 모습을 보니 기꺼울밖에.

만약 그놈을 어찌하겠다거나, 혼내달라는 말을 했으면 불호령을 내렸을 터였다. 아직도 아이같이 투정을 부리느냐며 눈물을 쏙 뺄 정도로 혼을 내주었을 것인데, 대견스러운 모습을 보이니 안심이 되었다.

그 모습을 보는 창욱은 여전히 인형처럼 무표정한 얼굴이었다. 만해는 형욱에게 몇 마디를 더 하고는 들어가라고 손짓을 했다.

"그래. 피곤할 텐데 어서 가서 쉬려무나."

"예, 할아버지. 그럼 가보겠습니다."

형욱은 일어나서 고개를 숙이고는 자신의 방으로 가기 위해서 에스컬레이터에 올라 버튼을 눌렀다. 약간의 소음과 함께 에스컬레이터가 움직였고, 이내 형욱의 모습은 위쪽으로 자취를 감추었다.

만해는 형욱의 모습을 흐뭇한 미소로 지켜보고 있다가 그가 사라지자 창욱에게 시선을 돌렸다. 어느새 만해의 표정에서 미소는 사라지고, 얼굴에 좌중을 압도하는 위엄이 자리 잡고 있었다.

"그래, 미국 쪽 일은 잘되어가느냐."

"예. 보고 드린 대로 일정에 차질 없이 진행되고 있습니다."

"그나저나 소민이라는 아이의 일은 아쉽게 되었구나."

"제가 일 처리가 미흡했습니다. 앞으로는 그런 일이 없도록 하겠습니다."

"아니다. 그 일은 확실히 내가 실수를 한 게다. 좀 더 확실한 사람들을 붙여주었어야 했는데……. 내가 너무 안일하게 생각했다. 소민이라는 아이가 그 정도일 줄은 몰랐으니까."

만해는 자신의 실수를 솔직하게 시인했다. 창욱의 표정에는 변화가 없었지만, 속으로는 기쁨과 공포가 교차하고 있었다. 자신의 안목이 인정받았다는 기쁨과 조부에 대한 두려움이었다.

조부인 만해는 빈틈이 없는 사람이었다. 넓은 바다와 같아서 모든 것을 다 받아들이고 그것들을 모두 자신의 품 안에 넣었다.

창욱의 목표는 이 가문을 이어받는 것이었지만, 조부가 살아 있는 한 그 목표는 이룰 수 없다는 사실을 다시 한 번 깨닫게 되었다.

'나이도 많으신데 왜 아직도 그리 정정하십니까. 이제는 허점을 좀 보이셔도 되실 나이 아니십니까.'

창욱은 속으로 조부를 원망했다. 하지만 그의 표정은 여전히 변화가 없었다. 만해는 그런 창욱을 바라보다가 입을 열었다.

"너의 안목이나 일 처리를 하는 걸 보니 이제 실장 일을 맡겨도 될 것 같구나."

무표정했던 창욱의 얼굴에 잠깐 움직임이 있었다. 하지만 아주 짧은 시간이었고, 이내 원래 표정으로 돌아갔다. 이제 그렇게도 원했던 기획실장의 자리에 오르게 되었으니 기뻐하는 건 당연한 일이었다.

"감사합니다. 조부님의 기대에 어긋나지 않게 노력하겠습니다."

만해는 지팡이를 짚고 자리에서 일어났다. 창욱이 얼른 부축하려 했으나, 손을 들어서 오지 못하게 했다. 만해는 천천히 걸으면서 이야기를 이어나갔다.

"네 아비는 마음이 너무 여려 쓸모가 없어. 그러니 그룹을 맡을 준비를 해라. 명심해라. 기회가 주어질 뿐이지, 결정된 건 없다. 네가 그룹을 맡으려면 많은 것을 나에게 보여주어야 할 게야."

"명심하겠습니다."

창욱은 가슴이 벅찼지만 꾹 참았다. 조부는 경박하게 속마음을 드러내는 일을 무척 싫어했다. 어려서부터 그런 교육을 받아온 터라 창욱은 여전히 무표정한 얼굴을 유지했다.

"형욱이는 정치계로 가서 권력을 잡고, 막내인 희진이는 2황자와 혼례를 올려야지. 그렇게 되면 내 오랜 꿈이… 오랜 꿈이……."

조부는 지팡이로 바닥을 콩콩 찍으면서 중얼거렸다. 그리고 기분이 좋은 듯 크게 웃었다.

"네가 동생들을 많이 도와주어야 한다. 잘해오고 있지만,

앞으로는 더욱 신경을 써야 할 게다."

"예, 알겠습니다."

창욱은 고개를 숙이고 만해가 자기 방으로 들어갈 때까지 움직이지 않았다. 문이 닫히는 소리가 들리자 그제야 고개를 든 창욱은 밖으로 나가서 담배를 꺼냈다. 정원에는 짙은 어둠이 내려와 있었다.

언제나 조부 앞에 있으면 긴장이 되었다. 창욱은 심호흡을 한 번 하고는 금색 듀퐁 라이터를 꺼내 불을 붙였다. 담배를 한 모금 빨아들이니 어두움이 가득한 정원에 새빨간 빛 덩어리가 요염하게 일렁였다.

"후우, 기획실장이라……."

창욱은 가슴에 들어갔던 연기를 응어리진 감정과 함께 내뱉었다. 진즉 자신이 맡았어야 할 자리였다. 자신이 서자만 아니었다면 말이다.

창욱은 담배를 물고 이리저리 발걸음을 옮겼다. 웃음을 참을 수 없는 듯 입가가 계속해서 꿈틀거렸다. 그러다가 갑자기 표정이 굳었다. 동생 형욱의 일이 생각나서였다.

조부는 형욱이를 가문의 후계자로 생각하고 있었다. 그래서 어려서부터 창욱은 동생을 신경 써서 보살폈다. 형욱을 떠받들 사람들을 골라서 곁에 붙여놓기도 했다. 그리고 형욱에게 어울리는 친구들을 직접 관리하기도 했다.

이번에 오리엔테이션에 형욱이 한 행동도 사실은 창욱이 뒤에서 부추긴 것이었다.

　"형욱아, 너는 계속 그렇게 살았어야지. 세상 물정도 모른 채 네가 최고라고 생각하면서."

　창욱은 음산한 미소를 지었다.

　"이 가문은 내 거야. 내가 장남이니 당연히 내가 후계자가 되어야 하지 않겠어?"

　창욱은 담배를 한 모금 피우고는 아직 많이 남은 장초를 바닥에 버렸다. 그리고 발로 질근질근 밟아서 꺼버렸다.

　"사람이 말이야. 갑자기 너무 많이 변하면 죽는다는 말이 있더라고."

　창욱이 떠난 자리에는 부러진 담배가 나뒹굴고 있었다.

『즐거운 인생』 2권에 계속…

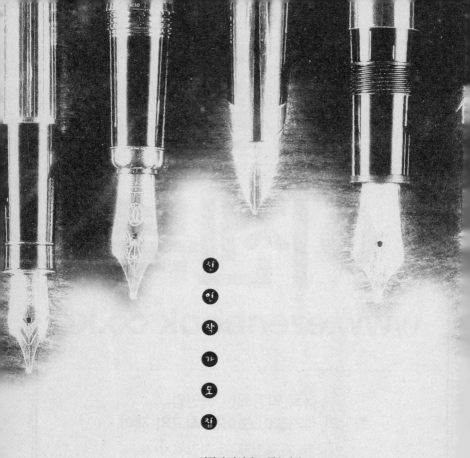

김현우 퓨전 판타지 소설

레드 크로니클
Red Chronicle

『드림워커』, 『컴플리트 메이지』의 작가
김현우가 색다르게 선보이는 자신작!

『레드 크로니클』

백 년의 세월 검을 들고 검의 오의에
다가선 남자 티엘 로운.

모든 것을 베는 그가 마지막으로
검을 휘둘렀을 때
그를 찾아온 것은 갈라진 시공간,
그리고… 자신의 젊은 시절이었다!

"하암, 귀찮군."

검의 오의를 안 남자가 대륙을 바꾼다!
티엘 로운의 대륙 질풍기!

Book Publishing CHUNGEORAM

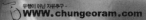

유행이 아닌 자유추구 -
WWW.chungeoram.com

현대백수 장편 소설

FUSION FANTASTIC STORY

간웅

뇌성벽력이 치는 어느 날
고려 황제의 강인번을 들고 있던
어린 병사가 낙뢰를 맞고 쓰러졌다.

하지만… 다시 눈을 뜬 이는
현대 대한민국에서 쓸쓸히 죽은
드라마 작가 지망생.

고려 무신 시대의 격변기 속에서 눈을 뜬 회생[回生].
살아남기 위해! 죽지 않기 위해!
그의 행보로 인해 고려는 서서히
변하기 시작하는데……

치세능신 난세간웅(治世能臣 亂世奸雄)!

격동의 무신 시대!
회생, 간웅의 길을 걷다!

Book Publishing CHUNGEORAM

유행이 아닌 자유추구 ─
WWW.chungeoram.com

절정고수들이 하늘 높은 줄 모르고 질주하는 현 세상.
서른여덟 개의 세력이 서로를 견제하는 혼돈의 시대.
그 일촉즉발의 무림 속에
첫 발을 디딘 어린 소년.
"나는 네가 점창의 별이 되기를 원한다."
사부와의 약속을 지키고
난세로 빠져드는 천하를 구하기 위해
작은 손이 검을 들었다!
박선우 新무협 판타지 소설
FANTASTIC ORIENTAL HE
풍운사일
Book Publishing CHUNGEORAM
유행이 아닌 자유추구 -
www.chungeoram.com

내일을 향해 쏴라

김형석 장편 소설

FUSION FANTASTIC STORY

1만 시간의 법칙!
'성공은 1만 시간의 노력이 만든다' 는 뜻이다.

그러나…
사회복지학과 복학생 수.
전공 실습으로 나간 호스피스 병동에서
미지와 조우하다.

1만 시간의 법칙?
아니, 1분의 법칙!

전무후무한 능력이 수에게 강림하다!
맨주먹 하나로 시작한 수의
인생역전이 시작된다!

Book Publishing CHUNGEORAM

www.chungeoram.com

한량 아버지를 뒷바라지하며
호시탐탐 가출을 꿈꾸던 궁외수.

어린 시절 이어진 인연은
그를 세상 밖으로 이끄는데……

"내가 정혼녀 하나 못 지킬 것처럼 보여?"

글자조차 모르는 까막눈이지만,
하늘이 내린 재능과 악마의 심장은
전 무림이 그를 주목하게 한다.

"이 시간 이후 당신에겐 위협 따윈 없는 거요."

무림에 무서운 놈이 나타났다!